사람 속 '사람' 찾기

사람 속 '사람' 찾기

초판 1쇄 발행 2013년 1월 18일

지은이 백현주
발행인 김순정

그림 박보순
편집책임 유연주
편집 이수경, 장인숙

도움을 주신 분 고소란

펴낸곳 순정아이북스
주소 서울시 서초구 서초동 1330-18 현대기림빌딩 704호
전화 (02)597-8933 **팩스** (02)597-8934
홈페이지 www.soonjung.net
이메일 bestedu11@hanmail.net
출판등록 2002년 10월 8일 제16-2823호

ISBN 978-89-92337-31-1 (03810)

순정아이북스의 '순정'은 순수와 열정의 합성어입니다.
'순수와 열정'이야말로 세상을 바꾸는 힘입니다.
'아이'는 세상을 보는 눈(eye)이자, 주체로서의 나(I), 인터넷(Internet)의 'I'를 의미합니다.
'북스'는 책이야말로 세상을 바꾸는 도구라는 의미입니다.

순정아이북스는 순수와 열정으로 '세상을 바꾸는 책' '사람을 살리는 책' '영혼이 춤추는 책'을 만듭니다.

순정아이북스(SoonJungiBooks)는 책과 관련하여 여러분의 소중한 아이디어와 원고 투고를 기다립니다.

사람 속 '사람' 찾기

백현주 지음

순정아이북스

프롤로그 • 9
진짜 내 사람을 분별해 내는 것이 힘이다
기대고 기대어 줄 어깨가 있을 때, 사람은 살맛이 난다

 1 가짜 인생 속 '진짜' 사람 찾기

무참한 학력시대, 똑부러진 재능맨이 되어라 • 18
: 남의 기대주가 아닌, 나의 즐거운 일을 따라 사는 사람

예쁘고 볼 일? 정말 외모면 다 될까? • 25
: '볼매'가 되기 위해 애쓰며 사는 사람

얼굴 공사보다 마음 공사를 • 34
: 얼굴은 잃어도 본질은 잃지 않는 사람

당신의 가치는 돈에 있지 않다 • 39
: 물질의 노예로 살지 않는 사람

성공보다 더 값진 과정의 미학(美學) • 46
: 로또를 좇지 않고 내공을 쌓으며 만족하는 사람

열등감을 낳는 비교는 이제 그만 • 55
: 쓸모없는 만능맨이 아닌 한 분야의 달인으로 사는 사람

실패의 자리에서 성공을 바라보기 • 60
: 7전 8기보다 더한 오뚝이로 사는 사람

누가 뭐라고 하든, 꿈을 따라 살아라 • 64
: 팝의 디바 '바브라 스트라이샌드'처럼 포기하지 않고 꿈을 좇는 사람

열정이 있다면, 나이는 숫자일 뿐이다 • 73
: 한낱 숫자에, 자신의 가능성을 제한하지 않는 사람

2 사람 속 '사람' 찾기, '한 사람'이 희망이다!

다른 사람을 향한 공감의 촉을 세워라 • 80
: '마음의 함정'에 빠진 사람과 진심어린 마음으로 함께 걷는 사람

장애를 딛고 일어나거나 돕는 1인이 되거나 • 91
: 헬렌 켈러처럼, 때로는 앤 설리번처럼 끈기 있는 인내의 사람

줏대 있는 당당함으로 세상에 묻어가지 않기 • 99
: 눈치 보지 않고, 재치 있고 찰지게 나를 표현하는 사람

용기 있는 고백으로 자유 찾기 • 103
: 누군가의 진실 토로에 함께 아파하는 사람

제2의 인생이라는 뜻밖의 선물 '덤' • 109
: 고난도 담대히 이겨내는 승리의 사람

편견의 감옥에서 탈출하기 • 113
: 언제나 진실을 추구하는 탄력적인 사람

남 탓으로 돌리며, 비겁하게 나이 먹지 않기 • 118
: 오랜 경력을 연륜으로 내세우지 않는 사람

놓아주어라, 당신이 자유롭기 위해 • 122
: 불행의 올가미로 '집착'하지 않는 사람

강요하지 말고 물 흐르듯 순리대로 • 125
: 내가 싫은 걸 남에게도 요구하지 않는 사람

꼭 챙겨야 할 시간과 마음의 안단테(Andante) • 130
: 재촉하지 않는 여유로운 사람

비울 건 비우는 마음의 분리수거 • 134
: 가난한 마음으로 살아가는 사람

3 껍데기보다는 속마음이 맞는 사람 되기

지금 사랑하지 않는 자는, 모두 유죄다 • 140
: 한 번도 사랑하지 않은 것처럼 목숨 걸고 사랑하는 사람

노처녀는 모두 외로워하거나 쉽게 넘어올 거라는 착각은 금물! • 147
: 다정하지만, 줏대 있는 싱글로 살려는 사람

미루지 말고 오늘을, 자식답게 사랑하며 살기 • 150
: 부모를 살리는 회복제 '치사랑'으로 부모를 공경하는 사람

통(通)했다면 소모적인 줄다리기나 평행선은 이제 그만 • 154
: 사랑에는, 시치미 떼지 말고 바보가 되는 사람

죽고 못 사는 눈먼 콩깍지 사랑 • 158
: 사랑한다면 때론 귀를 닫는 사람

정답 없는 사랑의 방정식 • 162
: 포기 없는 용기로 사랑을 쟁취하는 사람

안젤리나 졸리 같은 아내보다 못생긴 외간 여자에 더 끌린다? • 165
: 주어진 사랑에 충실할 줄 아는 사람

아내에게 쉼을 주는 그대, 진짜 스타일 난다 • 168
: 말로만 말고, 진짜 배려하는 사람

사랑의 필수조건은 뭐니뭐니해도 속궁합! • 171
: 마음이 찰떡같이 통(通)하는 사람

4 희망 힐링으로 잃어버린 마음 찾기

어떤 그릇에나 담을 수 있는 물처럼, 마음을 열어라 • 178
: 나를 비우고, 휴식 같은 친구가 되려는 사람

속도의 차이일 뿐, 회복되지 않는 인생은 없다 • 183
: 맘대로 쓴 시나리오로 남의 인생을 속단하지 않는 사람

등쳐 먹는 세상에도 뒤통수치지 않기 • 187
: 세상과의 심리전과 욕망의 널뛰기에서 이기는 사람

자유를 원하는가? 미움부터 내려놓아라 • 191
: 용서로 마음에 묶인 족쇄를 푸는 사람

보기랑은 달라 - '반전'이라는 히든카드 • 194
: 일 잘하는 완벽주의자보다 빈틈 있는 허당으로 사랑받는 사람

척 보면, '압니다!' • 198
: 진심을 주고 상대방의 진심을 읽어내는 사람

네가 있음에, 내가 있는 거 아니겠니? • 201
: '위'에서 군림하지 않고, '더불어' 사는 사람

그래도 아직, 세상은 착한 사람 편이다 • 204
: 기계처럼 살지 않고, 사람 냄새 나는 사람

꺼지지 않는 믿음이 사람을 성장시킨다 • 207
: 자신을 당당하게 믿고, 타인도 그렇게 믿어주는 사람

세상과 아픔을 나눌 줄 아는, 한 사람이 희망이다 • 211
: 이 땅에 희망을 주는 '마지막 단 한 사람'

커피 한잔 희망 카운슬러 백현주의 힐링 토크 '동감(同感)'

★ 당신은 혹시, 응대하기만 피곤한 '허세맨'은 아니신가요? • 218

★ 사랑받는 위너(winner)가 되고 싶으신가요? • 221

★ 잠재력 발굴의 5단계 • 223

★ 때론 넘치지도, 부족하지도 않게 • 225

★ 사람을 목적으로 삼으면 '아니 아니 아니 되오' • 227

★ 행복을 미루지 마세요. '지금'이 행복할 때… • 229

★ 외로움 점검하기 • 231

★ 진정한 배려란 • 233

★ 사람 부자 되는 법 • 234

에필로그 • 236
나는 오늘도 그 한 사람을 찾고 있다,
내가 바로 그 한 사람이기를 희망하면서

프롤로그

진짜 내 사람을 분별해 내는 것이 힘이다
기대고 기대어 줄 어깨가 있을 때,
사람은 살맛이 난다

현장을 뛰어다니는 나에게 혹자는 물었다.

"백현주 기자님은 꿈이 뭐예요? 앞으로 어떻게 살고 싶어요?"

"저는… 꿈을 생각할 겨를이 없어요. 지금 저에게 주어진 일, 해내야 하는 취재를 잘 마무리하는 게 가장 중요한 일이지요."

그랬다. 나는 내 꿈이 무엇인지 들춰보지 않은 채 맹렬하게 현장을 누비며 달려왔다. 그러다 보니 내 이름 앞에는 '기자'라는 수식어에 '특종'이라는 단어가 보태졌고, 이제는 '방송인'이라는 타이틀을 얻었다. 돌아보면 여자로서 사회인으로서 나를 알리기가 얼마나 만만치 않은 세월이었던가! 그래도 대견하게 잘 버텨왔고, 힘겨운 파도를 잘 넘어왔다.

그다지 대단하지 않은 나의 이력을 이야기하려는 게 아니다. 기자로서 방송인으로서 살아오면서 사람을 만나고, 겪고, 함께 일하고 더불어 살면서 다른 사람에게 조금이나마 희망을 줄 메시지가 나에게도 있어서 용기 내어 이 글 〈사람 속 '사람' 찾기〉를 써보기로 했다.

취재를 업으로 살아가는 기자로서 옳은 사람과 바른 정보를 '선별'해 내고 판단하는 일이 늘 고민이다. 어디까지가 진짜여서 어디까지 믿어야 하고, 어느 쪽이 사실에 가까운지 스스로 판단하고, 취재에 들어갈지 말지부터 결정해야 한다. 그것은 기자의 분별력에 달려 있다. 기자인 나는 늘 고심하며 정보를 입수한다. 그 수많은 정보가 반가운 한편, 어깨가 무겁고 살짝 두렵기도 하다. 그중 버릴 것은 80% 정도나 된다. 아차 싶게 까딱 정신을 놓았다가는 진실을 거짓으로, 거짓을 진실로 담아낼 수도 있기 때문에 나는 '진실'이라는 대명제 앞에, 사회적 책임감에 늘 긴장한다.

현장을 뛰고 기사를 쓰는 기자로서 취재원이 들려주는 이야기에 홀딱 빠져드는 경우는 생각보다 많지 않다. 다만, 거의 비슷한 시기에 세 사람 이상이 같은 대상을 놓고 비슷한 스토리를 풀어내면 그건 누군가 터뜨렸을 수도 있는 긴급한 내용이거나, 루머일 확률이 높아서 취재 기자는 신중에 신중을 기해야 한다. 기자는 '글은 칼보다 더 무섭게 사람을 일으키기도 하고 무너뜨리기도 한다'는 사실을 살아가는 내내 잊지 말아야 한다.

만족감이 없는 성공은 달성해도 공허할 뿐이고,
한 치 앞만 보면서 사는 인생은 정말이지 어리석다

지금 돌아가는 사회 분위기를 보면 비록 연예부이긴 하지만, 그 또한 작은 사회로 희로애락을 다 엿볼 수 있기 때문에 기자로서 할 말이 참 많다. 한낱 껍데기에 불과한 출세와 성공에 목숨 걸기 때문에 경쟁의식은 날마다 더해가고, 우리가 공감해야 할 '진짜배기' 사람들의 순수한 꿈과 열정 그리고 도전 정신은 조명받지 못하고 있다.

요즘 들어 더욱 대한민국의 얼굴이 어둡다. 사람들은 희망을 잃어가고, 행복한 얼굴을 찾기란 쉽지 않다. 조금만 생각을 바꾸면, 조금만 시야를 더 넓게 보면 인생에서 넘지 못할 산은 없을 텐데… 존경하고 따를 만한 멘토를 만날 수 없다는 사실도 이 시대가 좌절하는 이유 중 하나이다.

이른 아침에 바쁜 걸음으로 거리를 오가는 사람들을 보면서 참 기계 같다는 생각을 자주 한다. 학생과 직장인만 고단한가? 아내와 부모들도 고단하기는 마찬가지다. 삶은 즐거워야 하는데도….

'나는 왜 사는가?'라는 생각을 문득 한번쯤 하게 된다. 아침을 거르고 정신없이 일과를 시작하고, 점심을 반납한 채 하루를 보내고 나면 어느새 저녁이다. 그래도 여전히 일이 남아있어 하루의 3라운드를 시작해야 한다. 도대체 우리는 왜, 무엇 때문에 이렇게 살아가고 있는 걸까? 무엇을 위해서….

나만의 뒷방보다 더 소중한,
함께여서 더 행복한 아름다운 세상을 위하여!

'영혼의 감기'라고도 불리는 우울증 때문에 고통받는 사람들이 생각보다 상당히 많다는 사실을 보도를 통해 종종 접한다.

18세기 프랑스의 대표적인 문학가 중의 한 사람인 몽테뉴(Michel Eyquem de Montaigne)는 그의 책 〈수상록(Essais)〉에서 '나만의 뒷방을 마련하라'고 충고했다. 몽테뉴의 말처럼, 어떠한 고통에서도 자신을 보호해 주고 진정한 자유를 맛볼 수 있는 은둔처이자 자신의 내면을 성찰할 수 있는 자신만의 공간인 '뒷방'이, 시대를 떠나 정말 우리 모두에게 필요하다는 생각이 든다. 그런데 '뒷방'이 필요한 건 언제든 그 문을 열고 나가면 함께 얼싸안고 정담을 나눌 수 있는 사람이 있기 때문이다. 문 밖에 아무도 서 있지 않는 '뒷방'은 얼마나 쓸쓸하고 공허한가!

 가족 중 누군가의 생일이기도 한 오늘, 컴퓨터 앞에 앉아 머지않은 때에 출간될 내 첫 책의 서문을 쓰는 방 밖에서는 가족들이 이야기보따리를 푸느라 웃음꽃이 핀다. 그 떠들썩한 밝은 소리가 참 따스하게 들린다. 원고작업을 슬며시 중단하고 그들 틈에 끼고 싶은 마음이 굴뚝같은 걸 애써 참는다. 가족과 이웃과 사람과 더불어 즐거워하며 인생을 누리는 것, 이것이 진정 사람답게 살아가는 모습이 아닐까.

 내가 존재하는 이유, 내가 이 땅에 살아가는 이유는, 사람들과 더불어 행복하고 그들에게 조금이나마 희망의 메시지를 전하는 것이다. 왜냐하면 세상에는 소중하지 않은 인생이 하나도 없기 때문이다.

 사람의 진짜 속을 알 수 없는 세상 속에서
 그래도 나는 참사람을 이야기하고,
 희망을 이야기하고 싶다.

 세상에는 알다가도 모를 일이 천지이다. 이 시대가 그렇고, 살아볼수록 그런 생각은 더 많이 든다. 그중에서도 가장 알 수 없는 것이 '사

람'이고 '사람 속'이라는 점이 가장 큰 문제이다. 이것이 더불어 살아
가야 하는 세상 속에서 우리가 늘 벽에 부딪히는 어려움이 아닌가 생
각한다.

사람은 많은데 사람다운 사람, 참사람이 없다는 이야기를 많이 한
다. 누구나 참다운 친구를 원하고 사람다운 이웃을 원한다. 그만큼 참
사람, 사람다운 사람이 드물고, 그런 점에서 우리가 굶주렸다는 이야
기일 것이다.

나는 이 책에서, 우리가 삶의 현장에서 어떤 상황과 마주했을 때 어
떤 사고로 어떻게 반응하는 것이 좀 더 사람다운 사람으로, 또 지혜로
운 사람으로 살아가는 자세일까를 고민하며 내가 원하고 생각하는 바
르고 아름다운 사람의 가치관을 정의해봤다. 나의 잣대가 반드시 옳
다거나 정답이라고 말할 수는 없다. 나는 늘 사람을 관찰하고 이야기
하는 연예부 기자로서 본능에 따라 사람에게 관심이 많고, 사람에게
민감하며 예민하게 반응하는 편이다. 게다가, 일하는 과정에서 많은
사람과 여러 상황을 만났고, 사람의 관계와 사람의 내면에 대해서 꽤
많이 연구하고 고민한 사람 중의 한 명이라고 생각하기에 이 글을 쓰
게 되었다. 부디 마음을 열고, 수많은 정보 중에서 진짜 정보만을 가
려내듯 사람들 틈에서 진짜 사람을 가려내려는 나의 진정성 있는 이

야기를 들어주셨으면 한다.

　악해지려고 태어난 이는 아무도 없다. 부디 이 책을 읽는 동안, 우리의 순수했던 본성인 동심을 회복하고, 제대로 된 정체성을 확립한 어른다운 어른으로서 잃어버린 진짜 자신을 찾아가는 여행이 되었으면 좋겠다. 당신 또한 바르고 어진 사람, 누군가에게 소망이고 희망이 되어 주는 사람, 세상을 살맛이 나게 하는 사람, 보기만 해도 기분 좋아지고 유쾌한 사람, 지나간 자리에 웃음과 밝은 햇살만이 드리워지는 긍정의 사람이 되기를 바란다. 그럼 지금부터 사람 속에서 '사람'을 찾고, 누군가 늘 곁에 두고 싶은, 그런 한 사람이 되기 위한 여행을 함께 떠나보자!

　　　　　　　　　　　　　　당신의 '한 사람'이 되고 싶은
　　　　　　　　　　　　　　추운 어느 겨울 아침에
　　　　　　　　　　　　　　백현주

진짜 사람, 사람다운 사람,
참사람이 되어야 한다.
어디에 있든 주위를 밝고 맑게 하며
온유한 성정의 향기 나는 사람 말이다.
하지만 사람다운 사람을 찾아보기
정말 어려운 세상이다.
'사람'보다는 학력 지상주의·
외모지상주의·물질만능주의·
한탕주의·결과중심주의…
이런 '주의'가 판치는 세상이다.
속보다는 겉을 보게 하고 진심은 가린 채
가면 쓰기에 급급한
이 '주의'에 주의하지 않으면
가짜 인생을 살기 쉽다.
이제 세상을 가득 메운
편견들에서 벗어나자.
알을 깨고 나오듯, 편견을 깨라.
그리고 가짜 판 속에서 진짜 당신을,
당신의 인생을 찾아라.
내면의 속사람,
그것이 진짜 당신 자신이다.
당신은 진짜 알짜배기 속사람인가,
겉모습만 그럴듯한
속 시끄러운 겉사람인가?

Return IV _ 100X50cm _ acrylic on canvas

가짜 인생 속 '진짜' 사람 찾기

무참한 학력시대,
똑부러진 재능맨이 되어라

: 남의 기대주가 아닌, 나의 즐거운 일을 따라 사는 사람

> "자왈, 학이시습지불역열호(子曰, 學而時習之不亦說乎)."
> : 배우고 때때로 익히면 또한 기쁘지 아니한가.
> • 〈논어〉 •

그렇다. 새로운 지식을 배우고, 모르던 사실을 깨우치고 알아가는 재미, 그것이 공부의 진면모이거늘, 우리는 학창시절을 보내며 공부의 참맛을 진정으로 느낀 적이 있던가? 학교에 다니며 다른 사람과 어울리는 룰(rule)과 질서를 배웠고, 공동체생활을 통해 진정한 인간으로 거듭났다는 점에는 동의한다. 하지만 교과서와 같은 이론 속에서 내 인생의 진로를 찾았다고 말할 이는 몇이나 될까?

내가 청소년이던 1980년대 말, 아마도 그때부터 조기유학 열풍이 시작되었던 것 같다. 동네에서 좀 산다는 집안 자녀는 고등학교, 빠르면 중학교 때에 이미 유학길에 올랐고 방학이 되면 잠시 귀국해서 외국물 먹은 아이 모양으로 멋을 부리고 다녀 많은 친구가 부러워하는 대

상이 되고는 했었다. 길고 굵은 웨이브 머리에 핫팬츠를 입고 귀걸이를 한 세련된 느낌이 그들의 전형적인 스타일이었다. 우리나라에서는 대학교 2~3학년 정도는 되어야 나올 법한 멋스러움에 공연히 질투가 났다. 책상머리에 앉아서도 책은 눈에 안 들어오고 그들처럼 멋을 낸 내 모습을 떠올리곤 했다. 비단 나만 그랬을까?

미국 유명 대학의 마크나 유명 브랜드의 로고가 새겨진 옷을 입고 뽐내며 다니던 친구도 상당수였다. 예전에 비하면 요즘에는 미국 아이비리그 대학 마크가 새겨진 티셔츠를 입고 다니는 사람을 자주 보지는 못한다. 이제는 유학이 특수 계층이나 누구만의 전유물이 아니라는 징표일 것이다.

왜 그렇게 우리는 배움이 아닌, 학력에 집착했을까? 한국전쟁, 새마을 운동, 5.16 쿠데타와 4.19 민주항쟁 등 숨가쁜 현대사를 치러내고 그 후로도 끝없이 굵직한 정치·사회의 격변을 겪어야 했던 한(恨) 많은 부모님 세대를 들여다보면 그 이유가 조금 이해가 된다. 전쟁 후 폐허가 된 나라를 눈물겹게 재건하던 시기에 청년 시절을 보낸 우리 부모님 세대 중엔 형제 수가 4, 5명은 기본이고 10명 가까이 되는 사람들이 비일비재했다. 그 가운데 대학 문턱을 넘은 경우는 극히 드물었다.

〈가난한 집 맏아들〉이라는 책의 스토리 속에는 당시 70년대에는 흔했던, 소위 '개천에서 용 난' 성공 에피소드가 기본양념처럼 들어 있다. 예를 들면 이런 식이다. 농부의 맏아들인 일경은 초등학교 시절부터 줄곧 1등을 맡아놓은 동네 수재다. 일경을 좀 더 나은 환경에서 공부시키고 싶은 부모의 욕망은 맏아들을 읍내의 좋은 중학교로 유학을 보내기로 결정한다. 돈 걱정은 말고 그저 공부에만 전념하라면서(물론, 동생 이철이와 막내 삼순이의 요구를 무시하는 것 또한 기본 줄거리다). 이후, 일경은 도시의 명문 고등학교와 의대를 거쳐 군의관 생활을 하고 이비인후과 등 전문의로서 소위 '사'자 직업을 얻어 부모의 로망을 모두 이뤄낸다(이쯤 되면 이 가족의 줄거리가 행복한 결말인지의 여부는 외관상 보이는 맏아들의 학력과 사회적 성공에 달려있을 뿐, 가족의 화목은 그리 중요한 척도가 아니라는 걸 짐작할 수 있다).

1960, 70년대에는 그랬다. 나아가 88올림픽 무렵까지도 가족 중에 소위 스카이(SKY, 서울대, 고려대, 연세대를 줄여서 일컫는 말)대학을 나오거나 의사, 변호사, 판·검사가 되면 사돈에 팔촌까지도 먹여 살릴 수 있다고 할 정도로 성공 가도를 달릴 수 있었다. 특히 그가 큰아들이라면 가족을 향한 책임감과 가족의 자랑은 더했다. 그런데 올림픽 이후 경제가 어려워지기 시작하더니, 1990년대 초 중국과 교류를 재개하고 베트남 등 동남아시아 지역에서 근로자 교류가 시작되면서는 우리나라의 제조업도 흔들거렸다. IMF를 겪으면서 경제위기는 극에 치달았고 배운 사람, 못 배운 사람 할 것 없이 어려운 시절에 봉착했다. 게다가 의사, 변호사의 양적 확산은 '사'자 지상주의도, '서울대 출신=출세'라는 믿음도, 흔들리게 하였다.

심지어 요즘에는 변호사 일만으로는 밥벌이가 버거워 대기업 겸업 근무까지 마다하지 않는, 고된 고급 투잡족까지 많아지는 추세이다.

얼마 전, 신실한 천주교 신자인 내 지인은 새롭게 영세를 받는 예비자를 위해 대부로 나서기로 했다. 친분은 없었지만, 두 사람 모두 법조계에 종사하니 코드가 맞을 것이라며 성당에서 추천해 준 모양이었다. 그런데 세례식 직전에 예비 영세자를 만났을 때 막상 그가 내민 명함은 뜻밖에도 모 기업의 과장 직함이었다고 한다. 로펌에 종사하는 그 지인은 당혹해서 법조인이 아니냐고 물었고, 그는 변호사 수입만으로는 부족해서 두 가지 일을 병행한다고 씁쓸한 답을 해왔다고 한다. 오늘날 우리가 처한 현실의 한 단면일 뿐, 특정 누군가의 얘기만은 아니라는 점에 마음이 더 쓰인다.

사회와 경제 환경이 이렇게 확연히 바뀌었는데도, 여전히 좋은 대학에 가야 출세한다는 뿌리 깊은 성공에 대한 확신과 믿음은 언제쯤 끝이 날까. 오늘을 살아가는 우리에게 아직도 과거의 공식이 낙인처럼 각인되어 수시로 괴롭히고 있으니 말이다.

나 역시 쌍코피 쏟아가며 입시를 치렀다. 대학에 가면 장밋빛 인생이 파노라마처럼 펼쳐질 줄 알았다. 대학 시절 4년 내내, 낭만은 고사하고 미래를 구축하기 위해 다시 고3 입시생이 된 듯 공부하느라 지쳤고, 그 흔한 자유는 사회에 진출하기까지 반납해야 했다. 전공이랍시고 애정을 갖고 공부한들 무슨 소용일까, 사회가 길을 열어주지 않는다면…. 책 제목으로도 유명해진 말이 오늘따라 와 닿지 않는다. '아프니까 청춘'이라고? 정말 청춘은 아파야 하는 걸까? 그것도 재능이나 관심사가 아니라 학위와 교과서에 집착하는 삶으로서의 청춘으로?

대학 시절 중어중문학과를 다닌 나는 방송인으로서 해외 특파원으로 나가려면 어학을 잘해야겠다 싶어서 공부할 항목에 전공인 중국어에 기본 언어능력인 영어를 추가했다. 영어는 빠지지 않을 정도는 해야 하니 부전공 삼아 하고, 중국어는 당시만 해도 잘하는 이가 많지 않아 장점으로 특화시켜 점수를 따볼 요량이었다. 그렇게 나름의 계산과 계획이 서 있었다.

　　대학을 졸업할 무렵, 방송인이 되겠다는 핑크빛 꿈을 가지고 모 방송사 아카데미 1기생이 되기 위해 시험에 응시했다. 그래 봐야 아카데미인데도 시험은 무척 치열했다. 수백 명 가운데 합격자는 30명 안팎이었다. 합격자 중 하나였던 나는 해당 방송사가 우리 모두를 수용해 줄 거라고 굳게 믿었다(누구나 그렇게 믿고 싶을 것이다). 분할납부제도도 없던 그 시기에, 당시 6개월에 수백만 원 하는 고가의 수강료를 군소리 없이 기꺼운 마음으로 낸 것도 그 때문이었다.

　　그러나 현실은 무참했다. 돌아온 건 아카데미가 우리의 취업을 보장하지 않을 거라는 싸늘한 상처의 말뿐이었다. 유명 방송인 강사에게서는 그 흔한 위로도 들을 수가 없었다. 대학도, 아카데미도 우리 돈에만 관심이 있었던 걸까? 취업을 보장 못하기는 어느 쪽도 마찬가지였다. 물론, 덕분에 방송 기본기는 익혔다지만, 대학이건 학원이건 어차피 모두 전공대로, 전문 교육을 받은 대로 사회에 진출시키지 못할 거면서 왜 관련 계통 강의는 자꾸 개설하고 수강 인원을 늘리는 것일까?

쓰디쓴 현실 속에서 인간은 더 빛난다. 인간은 누구나 무궁한 존재이다. 가능성도 풍부하다. 다만 드러나지 않았거나 발굴하지 못했을 뿐! 최근 개그맨 L의 '펀타지쇼' 공연을 관람했다. 본인이 직접 연출하고 출연도 하는 작품이었다. 공연 반응은 제각각이겠지만, 재능을 발굴한 그의 부단한 노력이 적잖은 감동을 주었다. 무대에서 그는 말했다. 어릴 때 꿈은 화가였노라고. 그러나 개그맨이 되었고, 방송으로 인지도를 높였지만 누구에게나 찾아오는 슬럼프를 겪게 되었다. 그렇다고 그는 멈춰 있지 않았다. 그 우울하고 공허한 시간을 자기 발굴을 통해 극복하였다. 슬럼프를 오히려 전화위복의 기회로 삼으며 발굴한 그의 재능은 참으로 놀라웠다. 그가 공연한 그림자아트와 샌드아트 실력은 프로급이었다.

그런데 자녀가 기타를 잘 치고, 춤과 노래에 관심이 많으면 덜컹 심장부터 내려앉는 게 한국의 부모이다. 공부가 아닌 샛길로 빠질까 봐 걱정부터 앞선다. 하필 그 아이가 내 자식이라 문제다. 왜 하나같이 자녀의 재능을 막지 못해 좌불안석이고, 꿈을 지지하며 밀어줄 생각은 하지 못할까? 하긴, 돈 좀 벌고 유명세 좀 탄다 하니 등 떠밀며 자식을 연예인으로 만들려는 부모도 심심찮게 만나는 게 요즘 세상이기도 하다.

뚜렷한 한 가지 재주가 있고 그 방면으로 꾸준히 재능을 살린다면 평생 사는 데 그것 하나면 충분하다. 얼마 전 방송에서 100억대 신화를 이룬 몇몇 재력가 연예인의 에피소드를 소개했다. 국내 굴지의 모엔터테인먼트 대표도 출연했다. 출연자 중에서 1990년대 문화대통령이었던 Y의 성장기가 가장 인상적이었다. 우글거리는 쥐와 함께 생활해야 하는 열악한 환경 속에서 전 세계적인 어린이 캐릭터인 미키마우스를 탄생시킨 애니메이션 연출가 겸 제작자 월트 디즈니의 무명시절처럼, 그는 어린 시절 늘 쥐와 함께 지냈다고 한다. 자다가도 쥐가 얼굴에 떨어지는 일을 겪을 정도로 가난했던 Y는 춤에 재능이 뛰어났고, 관심도 높았다. 한 가지에 집중하고 몰입한 결과, 우리나라 연예산업과 가요계에 커다란 획을 그은 S 멤버로 영입되었고, 좌충우돌을 겪기도 했지만, 오늘날 그는 연예기획자로 K-POP을 이끄는 사회 리더가 되었다.

그에 비하면 나는 학력 지상주의에 젖어 살다 보니 내 안의 다른 장점을 들여다볼 여유조차 없었다. 혹시 더 나은 재능을 계발하지 못하고 이제는 기회를 놓친 것 아닌가 싶어 조바심도 나고 마음도 아린 사람이 많을 것이다. 하지만 학력이나 학벌이 기득권이 되어 성공 가도를 달리고 사회의 절대 권력을 갖던 시기는 지나갔다. 당신의 꿈은 교과서가 아니라, '현장'에 있다! 요즘 오디션 프로그램의 심사위원으로 나오는 Y를 보면 정말로 행복해 보인다. 오디션 도전자들의 노래를 들으며 함께 리듬을 타고 멜로디를 느끼는 그의 표정은 보는 사람마저 그 열정에 취하게 한다.

꿈을 앞에 두고 굳이 멀리 돌아서 가지 말자. 더 늦기 전에 진짜 내 것을 찾자. 학력이나 돈을 좇지 말고 꿈을 따라 살자.

예쁘고 볼 일?
정말 외모면 다 될까?

: '볼매'가 되기 위해 애쓰며 사는 사람

"출세하기 위해 외모에 매달리지 마라."
• '오프라 윈프리 인생 성공 십계명' 중에서 •

"생김새가 예쁜 사람은 뭘 해도 예뻐 보인다"는 말을 종종 듣는다. 웃는 모습, 먹는 모습은 물론이고 화내는 모습이나 심지어 우는 모습까지도 말이다. 예쁜 사람이 매력까지 지녔다면 금상첨화겠지만 그렇다면 세상이 너무 불공평하다는 생각부터 든다. 그래도 세상에는 외모가 완벽하게 아름다운 사람이 숨 막히는 매력까지 갖춘 경우는 드물다는 사실이 그나마 위안이 된다. 한때 유행했던 방송인 P의 노랫말처럼 어느 누군가가 완벽한 외모에 빼어난 매력까지 갖췄다면 누구든 그에게 중독되어 매력의 늪에서 도무지 빠져나올 길이 없기 때문이다.

미모를 기준으로 인간을 구분하자면 세상엔 네 가지의 사람이 있다.

예쁘고 잘생긴 사람, 보통의 평범한 사람, 못생긴 사람, 거기에 볼수록 매력적인 사람을 하나 더해 본다. 이미지가 좋은 사람은 글쎄, 딱히 어디에 들어가긴 어려운 것 같다. 그렇다고 따로 분류할 항목도 아닌 것 같아 이 네 가지로만 규정해 본다.

어떤 이는 한눈에 마음을 확 사로잡는, 어디에 있든 유독 관심과 시선을 끄는 외모로 눈을 떼지 못하게 한다. 빼어나게 예쁘고 잘생긴 얼굴, 성형외과에 가서 이렇게 고쳐달라고 내밀 만한 조각 같은 외모를 가진 선남선녀가 그렇다. 게다가 친밀함이나 친근감까지 느껴진다면 금상첨화다. 그에 비해 딱히 예쁘거나 잘생긴 것도 아닌데, 어쩌면 평범하다 못해 생김새가 못나 보이기까지 하는데도 볼수록 정이 가고 자꾸 생각나는 사람이 있다. 생각나다 못해 부지불식간에 마음을 온전히 그 사람에게 빼앗겨 버린다. 마음을 빼앗아 가는 매력적인 사람을 보면 당황스럽기도 하고 부럽기도 하다. 만약 하늘이 내게 다시 태어날 기회를 주신다면 나는 주저 없이 이렇게 요청할 것이다. "한눈에 반할 완벽한 미모의 소유자도 좋고 감사하긴 한데요, 그보다는 누구든 한번 빠지면 헤어나올 수 없는 깊은 매력의 소유자로 태어나게 해주세요."

매력은 타고나기도 하지만, 만들어 가기도 한다. 다시 말해 선천적인 것 반, 후천적인 것 반이라는 말이다. 타고난 매력에 살아가며 쌓은 연륜과 경험, 지식, 마음의 성숙 등이 내면에 채워져서 은연중에 은근히 뿜어 나오는 게 진짜 매력이다. 이 점에서 향수도 사람과 다르지 않다.

한두 방울만 뿌리고도 향이 그대로 느껴지는 향수가 처음엔 좋은 듯 느껴진다. 하지만 그보다는 처음엔 향을 별로 느낄 수 없었는데 시간이 지날수록 은근하고 잔잔하게 독특한 향이 드러나고 어느 순간 강한 끌림으로 다가오는 향수가 더 매력적이다.

외모 지상주의의 만연으로 남녀노소 불문하고 성형이 판치고 다이어트는 기본인 요즘, 우리가 생각하는 삶의 척도, 그 현주소는 어디인가? 나는 어떤 사람이고, 또 어떤 사람을 선호하는가?

재작년, 잡지사를 운영하는 한 선배로부터 연락을 받았다. 기자 겸 홍보를 담당할 인재가 급하게 필요하니 일 잘하는 참한 사람 한 명을 추천해 달라는 부탁이었다. 선배를 돕고 싶은 마음에 오지랖을 떨며 주위에 참한 일꾼을 수소문했다. 마침 아직 취업 경험은 없지만 적당한 후배가 있어 추천했다. 빠릿빠릿하지는 않아도 일을 차근히 잘 배우는 친구이기에 서류심사와 면접을 통과하면 선배의 잡지사에서 일할 기회가 오지 않을까 내심 기대하며 추천했다. 며칠이 지났다. 궁금하던 찰나에 선배에게 연락이 왔다.

"선배, 어때요? 일 가르치면 잘하겠죠?"

잠시 뜸을 들이던 선배에게서 뜻밖의 답이 돌아왔다.

"외모도 신경 썼어야지…. 아무리 일을 잘해도 그렇게 생긴 애는 아니지."

씁쓸한 답변을 돌이킬 요량으로, 직장에 다니다 보면 미모도 가꾸고 그에 맞는 이미지가 될 터이니 지금은 크게 신경 쓰지 않고 뽑아도 될 것 같다고 말했다.

"그래도 그렇지, 여직원인데, 좀 예쁜 면이 있어야 하는 거 아니니? 여자애가 그렇게 살찌고 외모에 신경을 안 써서야…. 걔는 안 되겠다."

아뿔싸… 나름 지성인이라고 생각했던 선배에 대한 환상이 깨지는 순간이었다. 그 선배라면 눈에 보이는 외모보다는 사람의 중심을 볼 줄 알았는데, 일할 사람을 평가하는 데 실력이나 잠재력, 가능성 따위는 완전히 뒤로 제쳐두고 있었던 것인가.

나는 너무 안타까웠다. 그 녀석에게 뭐라고 전한단 말인가. 그런데 잡지사에서 채용불가 통지를 받은 후배에게서 좋은 기회를 주어 고맙다고 먼저 연락이 왔다. 설령 다른 곳에 취업하는 데에 도움이 된다고 해도, 그 녀석에게 도저히 선배에게 들은 탈락 이유를 그대로 전할 수는 없었다. 그저 열심히 하다 보면 좋은 기회가 올 거라며 겸연쩍게 파이팅이나 외쳐야 했다. 참 씁쓸한 일이었다.

방송계에 오랜 세월 몸담고 있다 보니 인턴 혹은 후배 기자를 채용하기도 하고, 가끔은 오디션의 심사위원을 맡기도 한다. 서류 전형은 채용을 위한 1차 필수 과정이기에 제출한 이력서를 한꺼번에 프린트해서 검토하는데 그때마다 드는 생각은, '지원자는 저마다 자기소개서를 쓰기 위해 얼마나 쓰고 지우기를 반복했을까'이다. 자신이 왜 이 회사의 이 업무에 적격자인지를 종이 한 장에 모두 녹여내야 했을 그들을 생각하니 마음이 짠해 왔다. 각자 고민 끝에 내놓은 산물이라고 생각하니 어느 지원자의 서류도 대충 넘겨볼 수 없었다. 혹시 놓치는 내용은 없는지 행간까지 샅샅이 읽으려 애썼다. 이 자리에 서기까지 그들이 얼마나 열심히, 치열하게 살았는지가 이력서와 소개서의 한 줄 한 줄에서 느껴졌다.

그렇기에 내 딴에는 꽤 심각하고 진지하게 이력서를 보고 있노라면 혹자는 별스럽다는 듯 한마디 툭 던지고 지나간다. 이력을 훑기 전에 사진부터 보는 게 우선이라고 말이다. 시간이 남는 것도 아닌데 애꿎은 시간 너무 써가며 자기소개서를 일일이 검토할 필요가 있겠느냐고 얼른 사진부터 보라고 채근한다. 덧붙이는 말이 더 가관이다. 일단 사진으로 가려내는 판별법이 합격자가 될 만한 떡잎인지 아닌지를 솎아내는 확실한 첫 단추라나 뭐라나. 사진이 호감이 가는 외모라면 스펙(자격조건)과 자기소개서는 그때 가서 들여다봐도 늦지 않다고 했다.

그런 이야기를 들으면 순간 발끈하게 된다. 그들에게 말하고 싶다. 그러다가 사진발에 속을 수도 있지 않느냐고. 나는 여기저기에서 정말 많이 떨어지고 쓰디쓴 취업의 패배를 경험해 본 사람이기 때문에 지원자의 가능성을 꼼꼼히 뜯어 읽고 결정해야 한다는 견해다. 나 한 사람의 실수로 더 나은 인재를 알아보지 못한다면 이 얼마나 불행한 일인가! 지원자 개인 차원의 손해를 넘어 회사와 나아가 좀 더 거국적으로까지 생각해본다면 국가 차원의 손실을 보는 셈이기 때문이다.

몇 줄 안 되는 글로 나를 제대로 알리고 강렬한 인상을 주기 위해 나 또한 과거에 소개서를 쓰고 지우고를 반복하며, 수없는 밤을 고민하며 보낸 시절이 있었다. 1990년대 말, IMF라는 국가적 재앙으로 대한민국 경제는 활기를 잃고, 취업전선엔 그 어느 때보다 한파가 불었다. 하필이면 그 시기에 대학을 졸업하고 사회에 내몰렸다. 안정된 직장이면서도 꿈에 그리던 일을 구하기 위해 여기저기 이력서를 내고 합격을 손꼽아 기다렸다. 지상파가 아니면 절대로 일하지 않겠다던 군센 다짐, 백두산만큼 높던 콧대는 낙타가 바늘구멍 들어가기보다 어려운 취업의 현실 속에 나날이 낮아져 갔고, 마음은 무너져 내렸다. 들어온 일은 무엇이든 감지덕지하며 한걸음에 달려가 일당백을 뛰었다. 그렇게 한 계단 한 계단 경력을 쌓으며 올라갔다.

취업을 위해 수없이 문 두드리던 그 무렵으로 돌아가, 어느 심사위원의 책상 위에 나 백현주의 지원서가 놓인 모습을 상상해본다. 그때 심사위원 중 누군가가 이런 말을 던졌을 것이 분명하다. "일단 사진부터 봐. 호감 가는 얼굴이면 그때 자기소개서랑 경력이나 학력을 보라고. 그래도 늦지 않아." 아무리 상상이라 해도 생각하니 마음이 참 쓰리다.

"내가 정말 아나운서랑 방송기자를 많이 뽑아본 사람인데, 백현주 너는 안 돼. 방송이 원하는 스타일이 아니야…"

지금도 가끔 소식을 듣는 한 방송 선배는 과거, 방송인의 길에 막 발을 내딛으려던 나에게 격려는 못 해줄망정 대놓고 안 된다는 쪽에 일침을 놓았다. 왜 남의 면모를 제대로 보려고도 하지 않고 사람을 평가할까? 그 도도한 자신감은 도대체 어디서 비롯된 것일까? 그가 뭐라든 나는 결국 기자가 되었고, 꿈을 이뤘다.

내가 취업준비를 하던 때나 지금이나 아나운서 시험을 준비하는 사람이라면 으레 외모에 상당히 공을 들인다. 성형외과와 피부과를 찾아가고, 수술과 관리를 통해 HD 시대가 원하는 포토제닉(photogenic) 얼굴로 거듭나기 위해 심혈을 기울인다. 그들에게 묻고 싶다. 정말, 대중의 마음을 사로잡고 장수하는 방송인이 탁월한 미녀·미남이기만 하던가를….

지금 한창 대중적인 인기를 얻으며 국민 아나운서로 거듭난 K방송사 출신 J의 경우, 자신의 개성을 잘 살린 덕분에 성공한 방송인으로 손꼽힌다. 화면에 비치는 얼굴은 방송인으로 다소 불리함에도 불구하고 어떻게 J는 국민 아나운서로서 거듭날 수 있었을까?

"젊은 여성에게 가슴 떨리는 외모도 아니고, 화면에 잘 받는 얼굴도 아닙니다. 진정성 있는 구수한 입담으로 승부를 걸어야겠다고 생각했습니다." 하던 그의 인터뷰 내용이 참 인상적이었다. 시청자에게 좀 더 깔끔한 외모를 보여주기 위해 팬 서비스 차원에서 제모와 보톡스 시술을 가끔 받는다는 그가 미남 못지않게 아름다워 보였다.

개인적인 견해로는 자신을 내려놓는 마인드가 J아나운서의 성공 포인트가 아닐까 싶다. 그는 프로그램을 위해서라면 망가지기를 주저하지 않는 사람이다. 다른 출연자나 시청자보다 자기를 낮게 평가한다. 언제나 못생겼다거나 몸매가 엉망이라고 자신을 소개하거나 수염이 너무 많다는 둥 춤을 못 춘다는 둥 자기를 내려놓는 데 조금도 주저항이 없다. 그건 낮은 자존감의 문제와는 다른 차원이라고 생각한다. 사실 그는 외국어고등학교 출신에, 아이큐도 높고 명문대학을 졸업한 재원 중의 재원이다. 그럼에도 누군가 자신의 단점을 지적해도 발끈하거나, 잘난 척하기는커녕 오히려 스스로 단점을 화두로 삼기도 한다. 물론, 어떤 면에서는 가진 자의 여유일지도 모르겠다. 하지만 그의 진정성에 초점을 맞추어 바라보면 좋겠다. 그는 대중의 심리를 제대로 읽었고, 상대보다 '낮아지기'라는 겸손 전략은 대중의 코드에 맞았다. 게다가 잘생겨서 부담스러운 외모라기보다는 소탈한 외모에 친근하게 다가설 수 있는 인간미 넘치는 성격의 소유자여서, 요즘 말로 볼수록 매력적인 '볼매'인 점이 그가 대중에게 통하는 또 하나의 이유라고 생각한다.

외모지상주의를 주장하는 사람에게 꼭 소개하고 싶은 또 한 사람이 있다. 세계적인 방송진행자 오프라 윈프리이다. 그녀의 일화는 외모 지상주의자를 일깨우기 위한 명쾌한 답안이 아닐까 싶다.

그녀는 높은 학력의 소유자도 아니고, 성장 과정 역시 불우했다. 빈민가의 사생아로 태어나 9세에 사촌오빠에게 강간당했고, 14세에는 미혼모가 되었다. 거리의 여자로 살며 약물 중독에 빠지기도 했다. 그런 그녀가 새로운 인생을 살아보겠다며, 그런 외모로는 어림도 없다는 주변의 만류에도 아랑곳하지 않고 방송 판에 뛰어들었다. 좌충우돌을 겪기는 했지만, 산전수전을 겪으면서 깨우친 인생의 진리를 토대로, 넓은 마음으로 사람과 소통할 줄 아는 대표적인 방송인이 되었다. 자수

성가한 노블리스 오블리제(noblesse oblige, 높은 신분에 따르는 정신적 의무)의 대표적 모델로 나눔도 실천하며 대중에게 진솔하고 소박하게 다가간 덕분에, 누구나 툭 터놓고 이야기를 나누고 싶은 가장 친근한 방송인으로 손꼽히고 있다. 볼수록 빠져드는 그녀만의 매력으로 불우한 환경과 100kg이 넘는 흑인 여성이라는 악조건을 뛰어넘으며 결국 세계적인 방송인으로서 신화를 이룬 것이다.

물론, 좋은 인상에 깔끔한 이미지라면 더할 나위 없겠지만, 그보다는 내실 키우기에 마음을 더 써보는 건 어떨까? 인간관계나 살아가는 데 있어 진정으로 중요한 것은 무시한 채 '외모'라는 허울에만 휘둘려 자신은 물론 괜찮은 사람까지 잃는 비극을 경험하지 않으려면 말이다.

얼굴 공사보다 마음 공사를

: 얼굴은 잃어도 본질은 잃지 않는 사람

> "너그럽고 상냥한 태도와 사랑을 지닌 마음,
> 사람의 외모를 아름답게 하는 이 힘은 말할 수 없이 크다."
> • B. 파스칼 •

비주얼 시대를 맞이하여 외모에 대한 관심이 더욱 뜨거운 요즘, '대한민국은 성형천국'이라는 말은 틀린 말이 아니다. 그 때문일까? 아름답게 변신하기 위해서라면 얼굴에 어떤 보수 공사를 해도 떳떳한 게 요즘 여성이다. 여기저기 고친 얼굴로 거리를 활보하면서 아무 때나 셀프 카메라를 찍는 모델 공주과 행위는 기본이고, '이제 막 수술했소!' 라고 자랑이라도 하듯 붕대를 칭칭 감은 행색으로 등장해서 사람을 놀라게 하면서도 미안함은커녕 남의 이목이나 눈총 따위에는 전혀 신경 쓰지 않는 당당한 태도에, 당황스럽다 못해 너털웃음을 터뜨리게 된다. 물론, 내 돈 들여 내 얼굴 내 몸 예쁘게 고치겠다는데 누가 뭐라고 할 거냐고 한다면 할 말이 없기는 하다. 하지만 그렇다고 해서 시대에 따라 변하는 사람의 마인드라 생각하고 작금의 세태이니 당연하게 받아들여야 할까….

　불과 10년 전쯤까지만 해도, 연예인의 성형고백은 상상도 할 수 없는 일이었다. 누군가 무명에서 스타가 되고 나면 통과의례처럼 거치는 대중의 가장 빠른 확인 작업은 비포 앤드 애프터(before and after)의 성형 여부였다. 해당 연예인의 출신 학교 동창이나 선후배, 동네 이웃 등 안다면 아는 사람들 입에서 입방아처럼 그의 성형 여부와 성형 전·후 모습이 인터넷에 사진과 함께 오르내렸고 소문은 삽시간에 퍼졌다. 대중의 욕구에 맞춰 기자들은 특종이라도 찾은 듯 진실 캐내기에 혈안이 되어 뛰었고, 연예인과 기획사는 다음날 기사가 어떻게 실리느냐에 따라 심장박동이 이랬다저랬다 시소를 탔다.

　소문의 핵심은 "스타 아무개, 얼굴 어디어디 고쳤대"가 전부였다. 소문을 무마시키지 못하고 소문이 정점에 달하면 해당 스타는 성형이 사실이라 해도 시침 뚝 떼고 절대 아니라며 발뺌 모드에 돌입한다. "억울하다, 살이 빠졌을 뿐이다" 등 현실적으로 설득 가능성이 높은 이유를 들어 항변하는 게 발각된 연예인 성형 사건 시나리오의 수순이었다. 그러다가 언젠가부터 '솔직함'을 으뜸 매력으로 꼽는, 바람직한 미덕이 유행하게 되었다. 그랬더니 한 명 두 명 성형사실을 고백하기 시작했다. 콧소리하면 딱 떠오르는 방송인 H양은 "저 고쳤어요."라는 솔직한 한 마디로 비호감에서 호감형 연예인으로 등극하며, 이미지 변신에 성공하면서 스타로서 인정받았다. 기회를 놓칠세라 서로 눈치만 보며 누군가 진실고백을 터뜨려주기를 기다리던 아이돌 스타 사이에서도 성형고백 러시가 이어졌다.

한 아이돌 그룹에서 완소남으로 불리는 멤버 G는 예능프로그램에 출연해, 얼굴에 손대느라 귀의 연골이 없어졌을 지경이라며 웃지 못할 고백을 하면서 솔직돌, 예능돌로 인기 몰이의 중심에 설 정도였다. 이미 스타급이라면 얼굴에 성형 수술을 단행한 이유와 수술 결과에 대해 화제가 되기도 한다. 이미 A급 스타인데도 자신의 강한 이미지를 바꿔보기 위해 얼굴에 손을 댄 여배우 S는 성형과 양악 수술 이유 때문에 궁금증을 불러 일으켰다. 주로 코믹물을 맡아했던 조연 여배우 S도 양악 수술을 통해 부드러운 동안 소녀 이미지로 변신해 화제 만발이었다.

연예계의 이런 성형 풍토 변화는 일반인에게까지 고스란히 영향을 미치고 있다. 지나치다 싶을 만큼 심하게 성형을 하고도 거리를 활보하는 사람을 목격한 게 벌써 몇 번인지 모르겠다.

지난 여름이었다. 한 백화점 커피숍에서 빙수를 먹으며 지인과 도란도란 이야기를 나누는데, 지인의 등 뒤로 오가는 행인 가운데 얼굴 전체를 붕대로 칭칭 감은 한 여자가 눈에 띄었다. '허걱…!' 눈은 퉁퉁 부은 데다 코에는 반창고를 굵게 붙이고, 정수리부터 턱까지 붕대로 정교하게 감싼 모습이 누가 봐도 얼굴 전체를 성형한 것이 분명했다. 무척 아팠을 텐데, 예뻐지겠다는 열망으로 진한 고통도 무릅쓴 그녀의 용기에는 박수를 보낸다. 이실직고 말하자면, 나는 그만한 용기가 없다. 하지만 급한 일이 아니라면 집에서 외출을 삼가며 안정을 취해야 할 사람이 공공장소를 그런 행색으로 개선장군처럼 당당하게 다니는 건 너무 배려가 없는 행동이 아닌가 싶다.

물론, 성형은 죄가 아니다. 아름다워지고 싶은 인간의 열망을 반영한 이 시대의 노력이다. 연예인이 당당하게 성형사실을 고백하는 행동은 자신의 과거에 대해 숨기고 싶지 않다는 의지의 표명이리라. 그런데 일부 스타의 성형사실 고백은 솔직함을 넘어서 무례해 보이기까지 한다. 자랑처럼 떠드는 왜곡된 성형고백에 오히려 듣는 상대방이 민망하기도 하고 심기가 불편하기도 하다. 성형한 사람의 당당함을 나무라고 싶은 생각은 없다. 그래도 공인의 행동에는 사회적 책임이 따른다. 특히, 비주얼로 영향을 미치는 영상 시대에서 시청자는 언행뿐만 아니라 그들이 선보이는 이미지에 영향을 받게 마련이다. 화장법, 헤어스타일, 패션뿐만 아니라, 얼굴 성형도 유행한다는 뜻이다. TV에서 제공하는 스타가 살아가는 방식은 고스란히 대중의 삶을 파고든다. 심한 언행이나 과한 노출처럼 과도한 성형열풍은 하나의 문화가 되었다. 사회와 문화 곳곳에서 경계선은 사라지고 도덕은 오간 데 없는 안타까운 모습을 해가 갈수록 더 자주 경험하게 된다. 공인인 스타가 더욱 책임감을 갖고 행동하고, 모범을 보여주었으면 하는 바람이다.

대중 또한 현명해야 한다. 물론, 출연자가 정말 순수하고 솔직한 의도에서 출발한 결과가 떠들썩한 상황을 만들 수도 있지만, 그들이 왜 그런 고백을 하는지, 숨은 전략은 없는지 그 이면을 볼 줄 아는 안목이 필요하다. 무조건 받아들일 필요는 없다. 옳고 그름을 비판하고 수용할 것만 수용하면 된다. 연예인들이 방송에서 아무렇지도 않게 얘기하는 것에 영향을 받아 따라하는 행태는 방송의 표면만을 해석한 어리석은 짓이라고 생각한다.

자신의 얼굴에서 부족함 혹은 상처나 고민이 되는 부분을 외과적인 수술을 통해서라도 해결해보겠다는 심정, 자기만족을 얻고 싶은 마음에는 백번 동의한다. 덕분에 문제에서 벗어나고 자존감을 회복한다면, 삶을 당당하게 긍정적으로 살아간다면, 그야말로 좋은 일이 아니겠는가?

그러나 인간의 매력은 얼굴만으로 결정되지 않는다는 사실을 기억했으면 싶다. 매력은 언행이나 철학과 사고, 성품, 패션 감각 등 어디에서든 뿜어낼 수 있다. 잘나고 못나고의 얼굴 생김이 전부가 아니라, 사람에게서 느껴지는 특정 이미지나 풍겨나는 향기, 그게 바로 당신 자신이고 이목을 집중시킬 수 있는 포인트임을 기억하기를 바란다. 성형을 통해 외모가 어떻게 변했든 이 땅에 태어날 때 부모님이 물려주신 고유한 자신, 본질은 잃지 않았으면 좋겠다. 바른 정체성을 갖고 이야기하면 할수록 상대를 매료시키는 사람, 헤어지고 나도 향기와 여운이 남는 사람…, 그런 사람이었으면 좋겠다. 그게 바로 진짜 미녀·미남이 아닐까?

당신의 가치는 돈에 있지 않다

: 물질의 노예로 살지 않는 사람

"재물은 생활을 위한 방편일 뿐 그 자체가 목적이 될 수는 없다."
• 칸트 •

"얼마면 돼? 얼마면 되니?"

오래된 인기 드라마 '가을 동화'에서 꽃미남 배우 W가 남긴 유명한 대사이다. 방영한 지 벌써 10년이 넘었는데도, 우리는 여전히 일상 속에서 그의 명대사를 인용하곤 한다. 그 말의 의미를 곱씹어 보지도 않은 채 우스갯소리나 농담으로 말이다.

1990년대 말, 우리는 IMF라는 국가 차원의 금융위기를 겪었다. 그 시간을 통해 많은 것(직장, 가정, 물질, 자신감, 친구, 이웃 등)을 잃었고, 다시 일어설 수 없으리라는 생각에 좌절과 아픔을 겪었다. 인생에 찾아온 갑작스러운 절망 속에서 잘나가던 기업도, 사람도, 한순간 쓰나

미를 맞은 듯 모래성처럼 허무하게 언제든 무너질 수 있다는 뼈아픈 교훈을 얻었다. 경제 위기가 불러온 고난은 그때까지만 해도 승승장구하며 콧대 높던 그들의 교만을 꺾었다. 오히려 전화위복의 기회를 잡은 몇몇 승자를 빼곤 IMF 앞에서 이전처럼 자신을 완벽한 인간이라고 자만하는 사람은 많지 않았다. 각 언론도 충격 속에서 한꺼번에 많은 것을 잃어버린 사람들의 상실 기사를 앞다투어 연일 다뤘다.

상실감과 좌절감에 숨도 쉬기 힘들었던 그때, TV를 켜기만 하면 채널 여기저기에서 반복되는 한 광고에 사람들은 위로와 힘을 얻었다. 한동안 광고 카피는 "안녕하세요?"만큼 일상의 안부가 되기도 했다. 지금도 많은 사람이 기억하고 있을 모 카드사의 유명한 광고카피는 '부자 되기 마법 주술' 같았던 "부자되세요"였다. 자고 일어나면 탄탄하다는 기업도 사람도 줄줄이 부도나는 IMF를 막 겪은 터여서인지, 당시 최고 인기를 구가하던 여배우 K양의 "부자 되세요"는 짧은 광고지만, 많은 사람에게 희망이 되었다. 아직도 빨간 옷을 입고 두 손을 입가에 모은 채 활짝 웃으며 격려 인사를 건네던 그녀의 모습이 또렷하게 기억나는 걸 보면 부자의 꿈은 세상의 누구도 양보할 수 없는 버킷 리스트(bucket list, 죽기 전에 꼭 해보고 싶은 일과 보고 싶은 것들)인가 보다.

하지만 경제가 워낙 어렵다 보니 돈만 되면 무슨 짓을 해도 된다는 물질만능주의, 물욕주의, 금전주의, 배금주의가 사회에 더 뿌리 깊게 내렸다. 각종 미디어는 불씨를 키우듯 물질에 대한 탐욕을 키우는 촉매제 역할을 톡톡히 했다. 부와 물질이 전부라는 생각은 그 어느 때보다 극에 달했다. 맘몬주의(mammonism 부(副), 돈, 재물, 소유 등을 우상으로 삼아 숭배하는 사조)라고도 하는 물신(物神)주의와 탐심의 팽배는 모든 분야로 소리소문없이 스며들었다. 탐심은 우상이다. 인간은 '현재의 나'와 '되고 싶은 나'의 사이에서 늘 고민한다. 아무리 많이 가져도 '되고 싶은 나'는 늘 따로 있다. 되고 싶은 나를 위해 생각하고 행동하다 보면 결국 죄로 이어지기 쉬운데도, 허탄한 자랑에 목매는 존재가 바로 인간이다. 자기를 위하여 부를 쌓거나 오직 물질 때문에 살맛을 느낀다면 이 얼마나 쓸쓸하고 위험한 인생일까?

연예부 기자로 활동 중인 나는 매우 드물긴 하지만, "우리 아이를 연예인으로 데뷔시키고 싶은데, 돈은 얼마든지 풀 테니 길을 열어 달라."거나 "내가 사업을 하는데, 언론의 힘이 필요하다. 해당 부서 기자만 연결해주면 그 기자한테 필요한 건 뭐든 들어주겠다."고 하는 황당한 이야기를 듣고는 한다. 그때마다 얼마나 쓸쓸하던지….

연예인이 되기 위해서는, 그것도 주목받는 스타의 반열에 오르기 위해서는 우선 자신에게 맞는 직업인가부터 냉정하게 파악해야 한다. 적성에 맞는다는 판단이 따르면 외모나 학력, 배경을 믿거나 운의 노예가 되지 말아야 한다. 설령 다 갖추었다고 해도 세상에 알려지고 뜨기까지 각고의 노력은 필수다. 연예부 기자로서 스타를 꿈꾸는 이들에게 당부하고 싶은 한 가지는, 스타의 화려함 뒤에 감추어진 아픔과 슬픔, 외로움과 고통의 눈물이 뼈저리다는 사실을 반드시 알았으면 좋겠다는 것이다.

　만일 기자가 되기를 원하는 사람이라면, 기삿거리를 찾아내는 안목과 사건에 대한 통찰력, 문제를 보는 예리한 시각이 있어야 한다. 이와 함께 객관적으로 사실을 전달하되 자신의 철학을 녹여내는 글쓰기 또한 기자가 되기 위한 필수조건이다. 기자는 현재의 사회 상황에서 무엇이 중요하고 필요한 정보인지를 파악해야 하고, 보도할 내용이 정말 국민의 알 권리를 충족시킬 만한 가치가 있는 '거리(아이템)'인지 충분히 검토하는 가치판단을 거친 뒤에나 취재와 기사를 진행해야 한다.

　이런 기자 정신에 비추어볼 때, 이런저런 루트를 통해 알게 된 기자에게, 연예인이나 사업가로서 성공하게만 해준다면 돈은 얼마든 줄 테니 힘을 써달라는 식으로 접근하는, 도덕심이 모자라다 못해 마비된 사람들은 얼마나 위험한 인물인가? 그런 분들에게 이 지면을 빌려 우선, 연예인이나 기자라는 직업군에 대해 본질적인 이해부터 해 주시기를 부탁하는 바이다.

　〈정의란 무엇인가〉로 국내 유명 철학자 반열에 올랐던 미국의 하버드대학교 교수 마이클 샌델은 최근 〈돈으로 살 수 없는 것들〉이란 책을 내놓았다. 책 제목만으로 생각해보더라도, 정의만큼은 돈으로 살 수 있는 아이템은 아닌 것 같다. 적어도 '정의'는 돈으로 사고팔 수 없는 '그 무엇'이어야 한다. 〈돈으로 살 수 없는 것들〉이라는 책을 통해서 그는 돈의 우월주의에 대한 경각심을 일깨워주었다.

　아이, 출산, 우정, 오스카상 트로피, 대학교 입학 허가증, 명예박사 학위, 태반, 각종 사람의 장기…. 이게 다 무얼까? 오늘도 이 땅에서 끊임없이 이루어지는 거래의 대상, 현재 돈으로 사고파는 재화 목록의 일부이다. 이런 시각으로 접근하면 돈이 되기만 한다면 어쩌면 세상에는 거래 못할 품목이 없을지도 모를 일이다. 위에 열거한 현재 이루어지는 암거래 목록은 미국 중심의 이야기일지도 모르겠다. 하지만 목록에 조금 차이가 있을지는 몰라도 사실 대한민국에서도 검은 뒷거래가 양심과 수치심을 잃어버린 뻔뻔하고 교활한 사람 사이에서 비일비재하게 이루어지고 있음을 알려드리고 싶다. 명예도 사랑도 아이도 우정도 사고파는 세상…. 도덕적인 가치 판단이 모호해지고 점점 무디어져 간다.

돈으로 부정하게 얻은 재화는 잠시 달콤함을 선물할지도 모른다. 그러나 그 끝은 얼마나 쓰디쓴지 뉴스를 통해 자주 확인하곤 한다. 도덕이나 규범, 가치를 무시하고 돈으로 거래한 현장에는 '부패'가 따른다. 돈으로 해결하지 못할 일이 없어 보이지만, '진짜 명예'는 돈으로 살수가 없다. 소위 물밑거래, 뒷거래를 통해 원하는 모두를 얻는다 한들, 적어도 명예로울 수는 없다.

사람의 가치는 돈에 있지 않다. 돈의 많고 적음이 한 사람의 미래를 결정지을 수 없다. 가난이 한 사람의 인생을 패배자로 묶어둘 수도 없다. 돈은 때로 꿈을 이루어주는 수단이 될 수는 있지만 그 자체가 목적이 되어서는 안 된다. 오히려 돈은 꿈을 이루었을 때 따라오는 부산물이다. 단지 돈을 벌기 위해서가 아니라 꿈을 이루려고 노력하다 보면 돈은 따라오기 마련이다. 돈이 아니라, 꿈을 좇고 살라는 이야기이다. 정신없이 분주히 사는 젊은이에게 어르신들은 이런 말씀을 하시고는 한다. "돈이 많든 적든 세 끼 먹는 건 다 똑같지, 너만 별나게 다섯 끼 먹고 산다니? 건강부터 챙겨라!" 그렇다. 물질이 목적이 되어서는 안된다. 돈에 연연하지 않고 꿈을 따라 살다 보니 어느 날 성공해 있더라 하는 사람의 이야기를 심심찮게 듣게 된다. 그중 대표적인 한 사람이 TV 유명 개그프로그램인 '개그콘서트'의 '달인' 코너와 '정글의 법칙'으로 국민 개그맨 반열에 오른 개그맨 K이다.

그의 집안은 무척 가난했다. 그는 배움도 짧았다. 하지만 주변에서 뭐라고 하든 꿈을 굽히지 않았고, 희망을 놓지 않았다. 고등학교 졸업 후에 건설현장에서 일하다가 희극배우가 되겠다는 포부를 안고 서울로 올라왔다. 그 후로도 대학로에서 가난한 연극배우로 오랜 시간 전전긍긍해야 했다. 그러나 오늘날 그는 '아크로바틱(곡예의) 슬랩스틱 코미디'라는 새로운 장르를 개척하여 달인 정신으로 시청자에게 웃음과 희망을 넘어 감동까지 주었다. 솔직하고 겸손한 성품 덕분에 대중에게 웃음을 주는 개그맨이자 본받을 만한 자수성가 스타가 되었다. 그럼에도 현재에 안주하지 않고 부단히 노력하는 모습이 누구보다 아름다운 사람이다.

영화 〈돼지가 우물에 빠진 날〉에 단역으로 등장한 이후에 〈넘버 3〉

에서 '불사파' 두목이면서 흥분하면 말을 더듬는 '조필' 역으로 강한 인상을 남긴 배우라고 하면 떠오르는 남자배우 S가 있을 것이다. 그가 출연한 영화 〈괴물〉은 1,300만여 명의 관람객 수를 기록하며 한국 영화 흥행에서 1위 기록을 세우기도 했다.

배우 A는 또 어떠한가? 바람둥이 역할로 여러 차례 출연한 A는 연기자로서는 드문 신학과 졸업생으로서 영화 〈오아시스〉에서 비교적 비중 있는 역할을 맡기 시작해서 드라마 〈소문난 칠공주〉를 통해 더욱 알려지게 되었다. 그 역시 연기력을 인정받고 있는 인물이다.

지금은 성공 신화를 이룬 연극배우 출신의 중년 연기파 배우 S와 A, 그리고 자신의 분야에서 탄탄대로를 걷고 있는 제2, 제3의 S와 A가 모두 부잣집 자제였을까? 물론 그들 중에는 좋은 환경에서 태어나고 성장한 사람도 있을 것이다. 그들이 부자였건 가난한 환경에서 자랐건 성공한 이의 공통점은 한결같다. 꿈이 있었고, 좌절하지 않았고, 원하는 목표에 도달할 때까지 끝까지 노력하는 뚝심이 있었다는 사실이다.

세상에는 분명 돈으로 살 수 없는 그 무엇이 존재한다. 피나는 노력과 땀의 결과로 따라온 '진짜 명예'는 결코 쉽게 얻을 수도 없고, 물거품처럼 사라지지도 않는다. '부'보다 소중한, 진실한 '명예'를 얻기 위해 삶의 가치를 물질에 두지 않는 고결한 철학을 가졌으면 좋겠다.

※

성공보다 더 값진 과정의 미학(美學)

: 로또를 좇지 않고 내공을 쌓으며 만족하는 사람

"세상에는 일곱 가지 죄가 있다. 노력 없이 얻는 부, 양심 없는 쾌락, 인격 없는 지식,
도덕성 없는 상업, 인성 없는 과학, 희생 없는 기도, 원칙 없는 정치가 그것이다."
• 마하트마 간디 •

"급히 먹은 밥이 목이 멘다."
"급히 더운 방이 쉬 식는다(쉬 더운 방(구들)이 쉬 식는다)."
: 힘이나 노력을 적게 들이고 빨리 해버린 일은 그만큼 결과가 오래가지 못함을 비유적으로 이르는 말
• 우리나라 속담 •

부지런 떨며 열심히 산다고 살았는데, 취업 문턱은 높기만 하고 시
험에서 자꾸 떨어질 때, 하는 일마다 안 풀릴 때, 세상이 나를 버린
건 아닐까 의심이 든다. 가끔 '희망'이라고 생각하는 복권을 사서 결국
'절망'을 반복하며 스스로 고문하는 이유 또한 현실이 너무 힘들어서
가 아닐는지.

내가 아는 어떤 지인은 휴대폰에 복권 앱(응용 프로그램)을 깔아두
면서까지 로또에 매달린다. 그의 말에 따르면 매주 1, 2천 원의 적은
투자에 비하면 복권 당첨을 기다리는 일주일의 희망은 그에게서 빼
앗을 수 없는 기쁨이라고까지 한다. 길다고 하면 긴 인생에서 목적은
돈이 되어야 하고, 또 하루아침에 돈을 벌어서라도 부자가 되어야 하

는 걸까? 그리고 그 인생을 과연 성공한 인생이라고 말할 수 있을까?

어쨌거나 물질과 유명세가 전부라고 부추기는 이 시대의 심리에 맞춰 젊은이의 꿈은 돈과 인기를 향해 비뚤어지게 자라고 있다. 게다가 막상 취업이 된다고 해도 자리 유지가 고달파진 현실까지 고려해서 취업을 앞둔 젊은이나 청소년 중에서 적지 않은 수가 연예인에 대한 환상을 갖고 '스타 드리머(star dreamer, 스타를 꿈꾸는 사람)'에 빠져 학력과 나이에 대한 벽이 비교적 낮은 연예계에 진출하기를 희망하고 있다.

어디서부터 비롯된 비뚤어진 생각인지, 스타가 되려면 성 상납을 감행하면서까지도 자신을 스타로 키워줄 스폰서를 구해야 한다는 생각을 하는 겁 없는 지망생도 적지 않다. 연예계에 발을 내딛기 위해 수단 방법을 가리지 않는 참 무서운 햇병아리 지망생들의 잘못된 사고와 마인드(심리)가 비뚤어진 권위자와 악덕 업자의 욕망이 만나는 순간, 그 만남은 큰 사회 문제로 확대되고 만다. 소위 연예인으로 뜨고 싶은 욕망은, 이름이 나고 돈을 벌려는 야망은, 적당한 희생양을 찾으며 다가오는 악의 손길을 쉽게 뿌리치지 못하는 모양이다. 강압적인 상황에서 원하지 않는 성폭행사건이 생기거나 노예계약 등을 맺어도 행여 스타로 가는 길이 막힐까 봐 가족이나 친구 등 지인에게도 말 한마디 못한 채 가슴앓이를 하다가 스타가 되기는커녕 오히려 스타가 되는 길과 멀어지거나 점점 잘못된 길로 진행되는 케이스도 적지 않다.

성공한 사람을 보면 대체로 매 순간을 치열하게 살면서 과정 과정에 최선을 다한 경우가 많다. 그들은 하루를 정말 열심히 살아낸 사람들이다.

"스타가 될 거라고 예상하셨어요?" 스타들과 만나 인터뷰를 할 때면 가끔 묻곤 하는 질문이다. 돌아오는 대답은 100이면 100이 거의 "아니요."이다. 놀랍지 않은가? 물론, 겸손해서이거나 겸손하게 답하기 위해서 하는 답변일 수도 있다. 하지만 성공한 연예인의 한결같은 이야기라는 점에서 주목할 만하다. 그저, 이런 역할을 한번 해봤으면, 저런 작품을 한번 만나봤으면 하는 마음으로 매번 자신의 재능을 모두 걸어 맡은 역할에 임했다고 한다. 마치 그 작품이 마지막 기회인 것처럼.

그리고 다음 단계로 올라갈 때마다 주어진 기회를 놓치지 않으려고 애썼다고 한다. 그렇게 한 계단 한 계단 현재에 충실하며 실력을 쌓다 보니 어느덧 스타의 반열에 올랐고, 사람들에게 인정받기에 이른 것이다. 내가 만난 스타는 대다수가 그런 과정을 거쳐 스타가 되었다.

당신도 당신의 세계에서 스타가 될 수 있다. 세상 어디에나 통하는 이 공식을 삶의 매 순간 적용하기만 한다면 말이다.

우리는 영화 〈피에타〉(이탈리아어로 '자비를 베푸소서'라는 뜻)를 통해 69회 베니스영화제에서 '황금사자상'을 수상한 '한국영화계의 이단아' K감독의 인간승리 신화를 목격했다. 남다른 창의력과 뚝심으로 독일 베를린영화제, 프랑스 칸영화제와 함께 세계 3대 영화제의 하나인 이탈리아 베니스영화제에서 그는 자신의 18번째 작품을 통해서 황금사자상을 거머쥔 것이다. 그의 업적은 한국영화사 100년의 쾌거로, 〈피에타〉는 세계 3대 영화제에서 최고상을 받은 최초의 한국 영화가 되었다.

저예산 영화를 주로 연출해 온 작가주의 영화감독 K는 파격적이고 난해한 영화 내용 때문에 주로 국내 관객에게는 외면을 받아왔다. 반면, 외국에서는 작품성을 인정받아 각종 상을 받으며, 국내보다 해외에서 더 잘 알려진 한국 감독이었다. 그는 정규 영화학교에 다닌 적이 없다. 초등학교 졸업 후에도 공장에서 일했고, 프랑스에서도 그의 삶은 가난했다. 길거리 화가로 그림을 그리며 근근이 하루를 살아가는 청년이었다. 만일 당시의 가난한 젊은이 K를 만나 장래에 감독이 되고 싶다는 꿈 이야기를 그에게서 들었다면, 과연 진정성 있게 받아들일 사람이 몇이나 될까? 공감하고 격려하기는커녕 이루기 어려운 공상이라거나 말도 안 되는 망상이라고 웃어넘기거나 아예 꿈도 꾸지 말라고 충고하는 사람이 태반이었을 것이다. 하지만 지금은 어떤가? 세상이 규정한 비주류 마이너로서, 성공하기 어렵다는 영화계에서 한국을 대표하는 세계적 감독이 된 K는 그동안 여러 작품을 통해 각종 국제영화제에서 감독상 및 각본상, 영화제 최고상까지 받았다.

어떤 에너지가 그의 신화를 가능하게 했을까? 우선은 우리 사회와 세상의 편견에 맞선 당당한 자신감이 그 이유가 아닐까 싶다. 인고의 세월 동안에도 사회의 따가운 시선이나 비평 따위는 접어두기로 했던 사람이다. 작품에 대한 열정을 잃지 않고 누가 뭐라고 하든 끝없이 작품을 빚었다. 또한, 확고한 인생의 목표를 정하고 인생에서 그가 원하는 그림을 그리기 위해 좌절하지 않고 끊임없이 과정 속에서 자신의 재능을 발굴하기 위해 노력한 덕분이리라. 그는 적어도 터무니없는 환상에 젖어 '한방'을 꿈꾸지는 않았을 것이다. 주위 사람의 눈치도 보지 않고, 자신이 잘할 수 있고 하고 싶은 일에 전부를 걸었을 것이다. 자신이 하고 싶은 이야기를 끊임없이 작품을 통해 토해낸 것은 그 때문에 가능했을 것이다. 18번째 작품을 통한 그의 트로피는 세상의 편견과 싸워 이긴 노력의 열매이기에 더 빛이 난다.

꽤 오래 전에, 요즘엔 쉽게 찾아볼 수 없는 경력이 40년 넘은 대장장이를 시골의 한 장터에서 만난 적이 있다. 한겨울, 달인인 그분이 성능 좋은 호미를 만들기 위해 불가마에서 망치를 들고 호미의 날을 이리 쳐대고 저리 쳐대며 다지고 또 다져대는 모습을 보았다. 여러 단계를 거쳐 최상의 상품이 되기까지 불 속에서 충분히 달군 후에도 끝없이 망치질하는 모습이 꽤 인상적이었다. 계속되는 망치질을 통해 호미가 더욱 튼튼하고 쓸모 있는 물건으로 거듭나는 것처럼, 사람도 마찬가지다. 물론, 갖은 연단과 고난을 통해 꺾이고 좌절하는 사람도 있다. 하지만 오히려 더욱 강건하고 성숙한 모습으로 거듭나는 사람도 있다. 결국 가장 어려운 시기를 어떻게 대처하고, 또 이겨내는지를 보면 그 사람의 그릇 크기를 알 수 있다. 성공한 사람이나 의로운 사람은 시련 앞에서 쉽게 무릎 꿇지 않는다. 절망 속에서 오히려 꿈을 꾸고 희망을 노래한다. 고난이 심할수록 그런 사람은 더욱 단단해진다.

연예계에는 "큰 떡 먹으면 체한다!"는 뼈있는 우스갯소리가 있다. 하루아침에 낙하산 캐스팅이 되거나 반짝 스타덤에 올라 실력을 채 쌓기도 전에 드라마나 영화의 주인공을 맡는 경우, 연기자로서 거의 실패한다고 해서 생겨난, 농담 반 진담 반의 이야기다. 음식도 먹어 본 사람이 먹는다고 큰 떡을 먹으려면 입맛에 맞는지, 잘 소화할 수 있을지 작은 떡부터 먹어봐야 한다. 흔히 물이나 떡 먹고 체하는 데는 약도 없다고 한다. 자신에게 맞는 물에서 놀고 있는 것인지 물부터 진단해 보자. 떡은 또 어떤가? 내 입맛에 맞고, 내가 소화 가능한 모양과 크기와 종류인가? 천 리 길도 한 걸음부터이듯 공든 탑이 무너지지 않으려면, 돌다리도 두들겨보는 심정으로 초반부터 실력을 탄탄하게 잘 쌓아야 한다.

무조건 이기겠다고 다짐하거나, 승리한 사람을 무작정 부러워할 일이 아니다. 워밍업하고 진단하는 시간이 필요하다. 진정 내가 추구하는 분야의 으뜸이 되기 위해 놀아야 하는 물인지, 내게 맞는 자리인지, 필요한 노력을 하고 있는지, 어떤 방법이 최선인지 늘 돌아보아야 한다. 또 목표에 맞춰 코스는 잘 짰는지, 이런 단계를 밟으면 되는 건지, 제대로 잘 밟아가고 있는지 꼼꼼히 들여다봐야 한다. 그래야만 갑자기 큰 떡부터 먹고 체하는 사람이 되지 않을 수 있기 때문이다.

빨리 성공을 하면 더없이 좋겠지만, 과정에 충실하고 성실히 노력한다면 설령 시간이 걸리더라도 진정한 실력을 갖추게 될 것이다. 행여 좋지 못한 결과를 얻었다 하더라도 스스로에게 떳떳한 그것이 진짜 인생, 진짜 승자가 아닐까?

혹시 성공에만 눈이 멀어 수단 방법 가리지 않고 이기려고만 하지 않았는지 생각해보자. 떳떳하지 못한 성공은 결국엔 상처가 되고 부끄러움이 될 따름이다. 만일 당신이 투명하지 못한 과정을 통해서 어떤 자리에서 으뜸이 되었다면 늘 마음이 놓이지 않을 것이다. 누군가에게 그 자리를 내주는 일은 순간일지도 모른다는 불안과 두려움에서 말이다.

그럼에도 여전히 빠른 성공만을 간절히 사모하는지 묻고 싶다. 이것은 갈망한다고 해서 주어지는 게 아니다. 큰 그림을 그리고 인생계획표를 짜는 것은 좋다. 단지, 먼 미래를 바라보느라고 당장 코앞의 행복을 놓친다면 그만한 바보가 없을 것이다. 당장 내일 일도 모르면서 먼 미래에 대한 걱정과 염려까지 사서 하지 말자. 만일 신이 오늘 당신 목숨을 거둬간다면 성공이 보장된 먼 미래가 무슨 의미가 있을까? 먼 미래까지 염두에 두느라고 세상에서 가장 소중한 오늘을 놓치고 있다면, 현재의 행복과 기쁨을 미뤄둔 채 살고 있다면, 얼마나 불행한 인생일까? 당장 내 앞에 다가와 있는 현재를 누리지 못하고, 저 멀리에서 아직 모습을 드러내지 않은 미래에 대한 걱정과 염려와 두려움으로 살 필요가 없다. 매일 성실하게 살면서 오늘 하루를 즐겁고 행복하게 보내겠다는 마음이면 충분하다. 하루하루의 계획에 충실하며 즐겁게 살다 보면 한 달이 알차고 1년이 풍요롭게 될 것이다. 아름다운 인생, 행복한 인생은 하루를 어떻게 사는가에서 출발한다. 그 하루하루가 바로 과정이며, 그 과정이 모여 우리의 삶을 이룬다. 그런데 이 빠한 공식을 우리는 너무 자주 잊고 산다.

　요즘처럼 바람 앞의 등불 같은, 불안정한 사회 현실이 다음 세대가 자신이 정한 목표를 향해 뚝심 있게 밀고 나가지도 못하게 하고 결과도 얻지 못하게 하는 장애물인 동시에 훼방꾼이 되고 있다. 그렇지만, 사회가 어둡다고 해서, 세상이 더더욱 각박해졌다고 해서, 결과에만 승부를 걸어선 안 된다. 어둠 속에서도 빛을 찾고, 과정 과정에서 길을 향해 나아가야 한다. 자신의 장점을 찾기 위해 자신을 연구하라. 장점을 찾았으면 차별화하고, 그 길을 발전시켜라. 그게 바로 인생의 틈새 시장이고, 그 속엔 분명 답이 있을 것이다.

　인생에 공짜는 없고, 한방은 더더욱 없다. 기회가 왔을 때 준비되어 있지 않으면 그 기회를 잡을 수 없다. 그것은 남의 영광일 뿐이다. 끊임없이 준비하는 과정을 거치다 보면 기회는 찾아온다. 그러므로 과정이 중요하다. 내공이라는 말이 괜히 있는 게 아니다.

　몇 해 전부터 단어가 원래 주는 무게감과 다르게, 너무 가볍고 쉽고 흔하게 사용하는 단어 중 하나가 아마 '내공'이 아닐까 싶다. 한 포털 사이트를 통해서 이 단어를 곧잘 사용하게 되면서 어떤 분야에서 실력이 있다는 의미로 사용하는 내공의 의미가 뜻하지 않게 퇴색하고 변질했다. 하지만 사실 내공이란 그렇게 쉽게 내뱉을 수 있는 단어가 아니다. 내공이란 어떤 분야에서 남이 알게 모르게 갈고 닦은, '훈련과 경험을 통해 안으로 쌓은 실력과 그 기운'을 뜻한다. 한마디로 내공이란 하루아침에 생겨날 수 없는 '진정한 실력'을 뜻한다.

2012 런던올림픽 금메달리스트인 체조선수 Y는 체조 경기 중에 선보인 발을 구른 후 착지까지 '단 5초의 시간'을 통해 무명에서 스타로 거듭났다. 여기에서 우리는 성공의 단면만 보아서는 안 된다. 그보다는 과정의 미학을 눈여겨보았으면 한다. 현재의 성공은 그들이 숱한 날 동안 보이지 않게 노력한 과정 과정을 통해 얻은 내공의 결과, 그 수고의 열매이다. 우리는 그 성공의 이면까지 진지하게 바라볼 줄 알아야 할 것이다.

열등감을 낳는 비교는 이쩨 그만

: 쓸모없는 만능맨이 아닌 한 분야의 달인으로 사는 사람

> "뱁새(촉새)가 황새를 따라가면 다리가 찢어진다."
> : 힘에 겨운 일을 억지로 하면 도리어 해만 입는다는 말
> • 우리나라 속담 •

"옆집 아무개 좀 봐. 그 사람은 얼굴도 반듯하게 잘생긴 데다가 머리도 좋은가 봐. S대 ○○과 출신이래. 게다가 연봉도 세고 돈도 많대. 이번에 ○○그룹 딸이랑 결혼한다지 아마? 그 정도면 성공한 거 아냐? 너는 뭐하는 거니? 구경만 할 거야? 속상하지도 않아?"

"엄마 친구 ○○ 알지? 걔 아들이 유학 가서 SAT 엄청 잘 보고 미국 아이비리그 대학에 갔다더라. ○○회사에 취직했대. 연봉이 대단히 많다던데?"

평소에 귀 따갑게 들어본 이야기거나 드라마를 통해서라도 여러 번

접하거나 겪었을 만한 엄친아, 엄친딸 이야기이다. 'A vs B'의 비교 상황에서 항상 누구는 잘하고 넘치는데 나는 못하고 모자란 쪽에 서 있는 현실…. 왜 그럴까? 어릴 때부터 마음속에 열등감이라는 방을 하나쯤 만들어두고 성장하기 때문이 아닐까? 비교당하기에 바쁘니 정작 내가 무얼 잘하는지 차분히 나 자신을 들여다볼 마음의 여유가 없었던 탓일 게다.

비교 내용의 대부분은 성적이나 시험, 대학 진학문제이다. 성인이 되어서는 좋은 직장과 배우자로 아이템만 바뀌며 부모의 비교는 계속된다. 좋은 조건의 멋진 배우자를 만나라고 하다가도 어느새 화제는 다시 비교로 넘어간다. "그러니까 네가 잘 돼야 할 거 아니냐. 열심히 해야 그런 사람을 만나지! 넋 놓고 가만있으면 좋은 짝이 그냥 하늘에서 뚝 떨어진다니?" 하는 말이 대부분의 부모 입에서 떠나지 않는다. 이렇듯, 자녀는 비교 대상으로, 늘 열등한 쪽의 과녁에서 보이지 않게 조금씩 죽어가는 화살을 맞으며 자란다. 격려는 못 해줄망정 계속되는 채찍질에 자녀의 마음은 멍들다 못해 만신창이가 된다. '나도 옆집 철수나 영희보다 더 잘하는 것 하나쯤은 있는데….'

비교당하며 자란 자녀는 점점 자신감을 잃어가고 뭘 하더라도 머뭇거리고 눈치를 보는, 소심한 성인으로 자란다. 우리 부모님은 공부를 잘해도 운동신경은 말짱 꽝인 철수 모습은 왜 못 보실까? 나는 철수에 비하면 발도 아주 빠르고 축구에는 거의 신적인 경지인데… 반장을 놓치지 않는 범생이 영희는 또 어떤가? 뭐든 맛있다고 아무거나 잘 먹어서 좋아 보이기도 하지만, 돌려서 생각해보면 입맛이 까다롭지 않다는 건 그만큼 미각이 떨어진다는 얘기 아닌가. 또 알아? 엄마가 구박하는 이 까다로운 내 입맛이 장금이 뺨치는 절대 미각일지.

친구 남동생 중에 전형적인 외아들로 딸 많은 집에 막내로 태어나 온 집안의 사랑을 독차지하며 자란 녀석이 있다. 하도 오냐오냐하며 키워선지 학교성적은 나 몰라라 했다. 덩치만 컸지 도대체 커서 뭐가 될지 가족들의 걱정이 이만저만이 아니었다. 그런데 그 녀석에게도 잘하는 게 있었다. 요리였다. 남자라 손이 크고 둔탁한데도 음식을 만드는 손재주가 뛰어났다. 요즘 퓨전 스타일이라고 하는 새로운 요리도 곧잘 만들어냈고, 라면 하나를 끓여도 맛이 좋았다. 대학도 생각보다 잘 들어가더니, 급기야 전공과 관계없는 요리사로 나섰다고 한다. 그 아이를 보면서 '역시 물고기는 물에서 놀아야 살 수 있구나!'를 느꼈다. 사람은 저마다 자신만의 재능이 있고 그 재능을 발휘할 수 있는 '물'을 만나야 행복한 것이다.

우리 세대 대부분은 은연중에 공부를 잘 못하면 열등하고, 무능하고, 나쁜 아이로 세뇌당하며 성장했다. 학교에 입학해서 고등학교 때까지 12년을 한결같이 오직 대학 진학을 목표로 세월을 보냈고, 대학 입시를 치르는 날은 입시생을 둔 대한민국 모든 가정의 디데이(D-DAY)로, 결전의 날이 되었다. 좋은 대학에만 진학하면 인생이 평생 보장되고 평화로운 세계가 눈앞에 펼쳐질 거라 믿었다. 그러하기에 대학입시 날이 가까워져 오면 수험생은 찹쌀떡이며 엿 등의 합격기원

상품으로 선물 세례를 당하고, 입시 당일에는 수험 장소로 선정된 죄밖에 없는 학교 정문에 보란 듯 합격기원 상품들을 쩍쩍 짓이겨 붙이는 진풍경도 종종 보게 된다. 평생 오늘만 고대하며 기다려온 부모들이 자녀의 대학 합격을 기원하며 학교 정문 앞에서 추위 속에서도 하루 종일 서서 기도하는 모습은 또 얼마나 간절한가!

세상이 제공한 '평탄한 인생 정석코스'라는 밑밥을 이용하기만 하면 낚싯바늘에 '성공'이라는 대어가 정말 낚일 것인지…. 과연 그런지, 앞서 살아간 인생 선배들의 모습을 통해 점검해 보았으면 한다.

만일 전공을 살려 학자의 길을 가거나 전공과 관련된 분야로 진출할 목적이라면 교과서에만 매달려 대학까지, 더 나아가 대학원, 박사과정까지 밟는 게 가장 확실한 답이다. 하지만 절대 적지 않은 수의 사람이 전공과 관련 없는 분야로 사회진출을 하곤 한다. 그들에게 대학진학은 사회 진입과 출세를 위한 더 큰 진입로가 된다. 이렇게 되면, 대학에 입학한다고 해도 좋은 학점 따기에만 급급하느라 정작 대학에서 익혀야 할 전공에 대한 깊이 있는 학식과 견문, 교양이나 다른 상식은 뒷전이 되기 십상이다. 대부분 재학생이 입학과 함께 학점 따기와 취업 준비를 위한 공부를 병행해야 해서 폭넓고 깊이 있는 지식을 얻지는 못한 채 여전히 분주하게 살아간다.

이 악순환을 극복하려면 어떻게 해야 할까? 입시나 취업을 위한 얕은 지식(나무)도 물론 중요하지만, 나아가 세상을 살아가는 지혜(숲)를 구해야 한다. 길을 찾고 나무(지식)를 자라게 하려면 나무(지식)만 보지 말고 숲(지혜)을 보아야 한다. 생각의 폭을 넓혀주고 생각의 깊이를 깊게 하는 교육을 통해 창의적이고 융통성 있는 사고를 하도록 이끌어 주어야 한다. 현명하고 지혜로운 사람, 융통성 있는 사람이 세상을 살아가는 데 더 훈훈한 인생이 될 터이니까.

자녀가, 친구가, 형제자매가 어떤 삶을 살아가길 원하는지 묻고 싶다. 인생을 즐겁고 보람 있게 살아가는 데 필요한 것은 무엇일까? 타고난 장기(長技)를 발견하고 개발하는 것도 그 중 하나가 아닐까. 반복되는 비교의식의 잣대로 더는 내 아이와 형제자매를, 나 자신을 무능한 사람으로 세뇌하지 말자. 끊임없이 비교 대상으로 자라면 자신도 모르게 열등감과 상대적 박탈감이 생긴다. 진정으로 상대를 칭찬하고 장점을 찾아주는 긍정적인 언어 사용으로 자존감을 세워주자.

세상은 만능을 원하지만, 보통 우리가 기억하는 승자는 대개 한 분야에서 오랫동안 한우물을 판, 한 가지를 확실하게, 뛰어나게 잘하는 달인이다.

스펙을 쌓기 위해 무조건 많은 경험과 이력을 찾아 기웃거리지 말자. 다다익선이라는 말을 무기 삼아 관심도 없는 것들에 시간을 낭비하지 말자. 내 심장을 요동치게 하는 곳에 굳세고 튼튼한 삽을 꽂아라. 바로 거기가 한우물을 파야 할 지점이니까.

※ 실패의 자리에서 성공을 바라보기

: 7전 8기보다 더한 오뚝이로 사는 사람

> "성공만 이야기해서는 안 된다. 실패는 매우 중요하다.
> 실패를 이용할 줄 알아야 위대한 성공이 뒤따른다. 더 잃을 게 없을 때 시도해야만 한다."
>
> • 조앤 롤링 •

성공하는 사람은 따로 정해져 있지 않다. 다만, 성공할 인물은 어딘가 달라도 다르긴 하다.

2000년대 초반부터 지금까지 전 세계에 마니아를 형성하며 소설과 영화계를 평정한 시리즈물이 있다. 10년 넘게 꾸준히 팔리고 있는 〈해리포터〉 시리즈다. 〈해리포터〉의 성공 덕분에 원작자인 조앤 롤링(J. K. Rowling)은 세계적으로 손꼽히는 부자가 되었다. 그렇다면 그녀는 처음부터 베스트셀러 작가로서 인정받았을까? 처음부터 출판사는 그녀의 성공을 예견하고 그녀를 전폭적으로 지원하며 환영했을까? 전혀 그렇지 않았다. 작가 조앤 롤링의 일대기를 영화화했다는 사실만 보더라도 그녀의 삶은 꽤 드라마틱한 인생역정을 겪지 않았을까를 짐작해 볼 수 있다.

판타지 소설 〈해리포터〉로 유명해지기 전까지만 해도, 롤링은 사회 구제금으로 생활을 연명해 온 극빈층이었다. 20대에는 우울증을 앓았고, 첫 소설은 출판사에서 여러 차례 퇴짜를 맞았다. 소설 〈해리포터〉의 시작은 절대 화려하지 않았다. 〈해리포터〉 원고를 보낸 출판사마다 거절하기에 바빴다. 대작이 될 작품의 흥행성이나 값어치를 몰라보고 문전박대를 했다. 스토리가 아무리 참신해도 아동 도서로는 돈을 못 번다는 이야기만 돌아왔다. 지금 생각하면 눈앞에서 대어를 놓친 출판사엔 참 아까운 기회였다. 제 발로 걸어 들어온 절호의 기회를 놓친 일에 두고두고 후회했을 법하다.

아무튼 당시 그녀가 여러 출판사를 찾아다니며 전전긍긍할 무렵, 엎친 데 덮친 격으로 결혼생활은 실패했고 직장도 잃었다. 하루 밥 먹고 살기도 어려울 정도의 경제 위기에 처했다. 하지만 그녀는 세상이 뭐라고 하든, 자신의 아이디어와 재능을 믿었기 때문에 굴하지 않았다. 7전 8기보다 더한 노력 끝에 〈해리포터〉는 한 출판사와 인연을 맺었고, 우여곡절 끝에 세상의 빛을 보게 되었다. 숱한 출판 관계자의 편견과 싸우며 뜻을 굽히지 않은 결과, 세계적인 베스트셀러 작가로서 미국 역사상 최초의 억만장자 작가라는 수식어를 자신의 이름에 붙일 수 있게 되었다. 만약 그때 그녀가 출판사를 찾아다니다가 지쳐 포기했다면 어땠을까? 생각만 해도 아찔해진다. 어른인 내가 읽어도 정말 재미있고 매력적인데 아이들은 오죽할까. 전 세계 어린이의 마음속에 호그와트 마법학교가 존재할 수 있게 해 준 그녀의 *끈기*에 다시 한 번 감사하고 싶어진다.

내 이야기를 조금 하자면, 나야말로 대기만성형이다. 찬란한 청춘, 꽃다운 나이라는 20대에 시험에 떨어지고 주목받지 못한 채 하루하루를 보냈다. 일하지 않은 것도, 공부하지 않았던 것도 아니다. 꾸준히 일하면서도 주목받지 못한 아웃사이더, 그게 바로 나였다. 자존심이 강해서, 방황하지는 않았다. 반드시 이기고 성공해야 하는 7전 8기, 인내와 오기의 오뚝이, 그게 나란 인간이기 때문이다.

남들과 나를 차별화해야 했다. 어떻게든 이기고야 말겠다는 막연한 생각이 아닌 더욱 내실을 기하고 진정한 승자가 되어야겠다는 오기가 들었다. 포기는 생각하지 않았다. 지금 돌아봐도 현명한 결정이었다. 철모르는 20대에 '쉽게' 얻은 열매는 달콤할지도 모른다. 그러나 쉽게 맛본 달콤함은 입안에서 오래가지 않는다. 쉽게 얻으면 그만큼 간절함이나 기쁨은 덜하다. 하지만 갖은 고난과 연단을 통해 얻은 열매라면 오랜 향기를 남기고 살과 뼛속까지도 그 느낌이 전해질 것이다.

하는 일마다 실패하는 사람과 성공의 정점을 찍었다가 갑자기 추락을 맛본 사람은 둘 다 새로운 일에 뛰어들기도 전에 움츠러들게 마련이다. 자신감을 상실한 나머지 다른 사람 앞에 나서기를 꺼리게 되고 자신을 감추려 든다. 행여 관심이 집중될까 염려하여 만남을 피하며 소위 대인 기피증(social phobia)에 걸리기도 쉬워 바깥출입을 삼가거나 싫어하며 혼자만의 세상에서 숨어 지내려 한다.

지금 너무 고통스러운가? 현실적인 일들이 계획대로 잘 안 풀려서 고민스러운가? 움츠러들거나 의기소침해하지 말자. 나에게 있는 감사 거리를 찾아보자. 감사의 마음으로 바라보면 공기 하나도 다 소중하고 세상에 귀하지 않은 것이 하나도 없다. 인공호흡기를 꽂지 않고 마음대로 숨 쉬는 것도, 맥박이나 심장이 멈추지 않고 일정하게 뛰는 것도, 아무 사고 없이 오늘 하루를 보낸 것도 당연한 일이 아니라, 감사할 일이 아닌가. 그래도 낙심되고 불행하다는 생각이 든다면 종합병원의 중환자실을 찾아가도 좋다. 또, 장례식장과 화장터를 다녀온 사람이라면 최소한 그 한 주는 삶에서 정말 중요한 것이 무엇인지, 어떻게 살아야 할지를 묵상하게 된다. 생사의 갈림길에서 살기 위해 버둥거리는 환자들을 보고도 자신의 상황에 감사를 느끼지 못한다면, 정말 심각하게 위로가 필요한 인생일 것이다.

지금 고난 가운데 있다면 미래의 좀 더 나은 삶을 위한 대가를 미리 지급하는 거라고 바꾸어 생각해보자. 어려운 순간은 누구에게나 있다. 만일 인생에서 실패했다면, 실패의 과정 가운데 있다면, 실패를 바라보지 말자. 실패의 자리에서 오직 성공을 바라보자. 일곱 번 넘어져도 여덟 번 일어나라. 아니, 넘어져도 늘 다시 일어나는 진정한 오뚝이가 되어라.

누가 뭐라고 하든,
꿈을 따라 살아라

: 팝의 디바 '바브라 스트라이샌드'처럼 포기하지 않고 꿈을 좇는 사람

"스스로 할 수 있거나 꿈꾸는 일이 있거든 당장 추진하라.
대담함 속에는 재능과 힘과 신비함이 모두 깃들어 있다."

· 괴테 ·

　요즘은 재주꾼만 모여 사는 세상인가. 각종 지상파나 케이블 오디
션 프로그램을 보면 뛰어난 실력을 갖춘 무서운 신예 아마추어가 심
심찮게 눈에 띈다. 그런 숨은 실력자를 볼 때면 김완선, 나미 등 당시
에 유행한 스타의 노래와 춤을 곧잘 따라하던 내 어린 시절을 떠올리
곤 한다. 나는 어려서부터 춤과 노래에 끼가 있었던 모양이다. 반면, 미
술은 젬병이어서 아무리 해도 실력은 제자리였고, 어려운 미술 과목
은 나에겐 공포나 다름없었다. 친한 친구 중에 한 명은 데생, 수채화,
유화 할 것 없이 보는 족족 근사하게 잘도 따라 그렸다. 어린 마음에
미술 시간이면 그림 실력이 뛰어난 그 친구가 대단해 보였고, 자랑스
러웠고, 그렇게 부러울 수 없었다. 그런가 하면 열심히 하느라고 해도,

공부만큼은 따라주지 않던 친구의 연약한 모습도 떠오른다. 이것만 보아도 각자에게 재능은 정말 따로 있는 것 같다.

재주나 재능으로 치자면 대학 시절엔 또 어떠했던가. 지금도 말하는 일로 먹고사는 나는, 당시에도 언어에 소질이 있었는지, 대학에서 중국어에 영어를 전공한 것도 모자라서 일본어 중급 코스까지 3개월 만에 훌쩍 진입했다. 나에겐 만만하던 일본어가 친구에겐 꽤 높은 장벽이었던 모양이다. 친구는 함께 시작한 지 2년이 지나도록 중급 코스를 시작도 못하고 결국 일본어를 포기하고 말았다.

심지어 한 어머니 뱃속에서 태어난 형제자매도 재주는 천차만별 제각각이다. 그다지 수학을 좋아하지 않는 나와 다르게 둘째 언니는 수학문제를 척척 잘도 풀었다. 어린 눈에 그런 언니가 참 신기해 보였다. 지금까지도 기억이 생생한 걸 보면 언니의 수학 실력이 보통이 아니었던가 보다. 누구나 한 가지쯤은 타고난 재능이 있음을 볼 때, 세상은 나름대로 공평하다. 세상에 올 때, 따로 배운 적이 없는데도 무언가 잘하는 타고난 '재주'가 적어도 한 가지 이상은 있으니 말이다.

타고난 재주와 하고 싶은 일이 일치하지 않을 때, 우리는 행복하지 않음을 경험한다. 더더욱 불행한 사실은 내가 잘하고 좋아하는 일이 무엇인지, 자신의 재능과 재주를 모르는 것이다. 아마도 그 이유는 현실에 쫓기며 사느라 미처 자신의 재주나 잠재력을 확인할 겨를이 없었기 때문일 것이다.

대학 1학년 때, 성격이 시원시원하고 자기주장이 뚜렷한 단짝 친구를 부러워한 적이 있다. 그 친구는 1학기 내내 정말 많이 고심한 끝에 과감하게 학교를 그만두었다. 자신이 진정으로 원하는 공부를 하고 싶다는 것이 자퇴의 이유였다. 자신이 무엇을 잘하는지, 무엇을 하고 싶은지를 충분히 고민했던 친구는 그해에 다시 수능을 치르고 그토록 원하던 철학과에 입학했다. 자신의 소망을 찾아내고 결단한 그 친구의 용기에 지금도 박수를 보낸다.

시간의 태엽을 거꾸로 돌려 과거로 가보자. 당신은 지금 막 엄마 뱃속에서 태어났다. '응애응애' 시끄럽게 울던 울음을 그치고 옹알이를 하더니 걷기 시작한다. 말문이 트이고, 3~4세 가량 되면 대부분 부모는 아이를 가만두지 않는다. 반경 1km 내외의 동네나 좀 멀어도 최상의 교육 시스템을 갖춘 소문난 유아원과 유치원을 찾느라 발에 불이 난다. 입학추첨이라도 해야 하면, 전날 밤부터 대학입시를 방불케 하는 치열한 눈치작전도 불사한다. 유치원에 들어가면 더 나은 초등학교에 가기 위해, 초등학교를 졸업할 무렵이면 더 나은 중학교·고등학교, 혹은 조기 유학을 떠나기 위해 애를 쓴다. 그리고 아이는 어른이 맞춘 틀에 따라 움직여야 한다. 재촉하는 부모에게 질질 끌려가기에도 바빠서 부모이고 아이고 재주나 재능을 느끼고 발견할 틈이 없다. 창의성이며 인성 교육을 부르짖으면서도 정작 문제점을 그대로 안고 가는 그러한 교육 환경이, 결국 잠재력을 발굴하는 데에 장애요소가 되는 것이다. 그런데 교육 현실이 아무리 각박해도, 희한하게 될 놈은 꼭 되고, 뭐가 되도 되는 녀석은 꼭 있다.

　1970년대 팝의 디바였던 바브라 스트라이샌드(Barbra Streisand.
1942년 미국 출생, 가수 겸 영화배우)를 아시는지. 그녀를 생각하면, 작은
키에 주근깨투성이 피부, 서양 사람치곤 비교적 작은 눈에 매부리 모
양의 큰 코와 큰 입술이 떠오른다. 예쁘지 않은 얼굴이지만 개성 있고
꽤 매력적인 여성이었다. 지금까지 불후의 명곡으로 기억되는 주옥같
은 노래는 타고난 천상의 목소리 덕분이었다. 그녀는 어려서부터 스타
가 되기를 꿈꾸었다. 가수와 배우가 되고 싶었다. 하지만 그녀의 어머
니는 딸의 재능을 알아봐 주기도 전에 자신이 보기에 헛된 꿈을 꾸는
딸에게 이렇게 잘라 말했다.

　"네 외모로는 스타가 되긴 어려워."

　냉정한 한마디로 딸의 재능을 한정 짓고, 꿈을 꺾으려 들었다. 이 일
화는 그녀의 팝을 좋아하는 팬들 사이에서는 유명하다.

　어머니조차도 회의적으로 말하는 외모…. 그러나 그녀는 보란 듯 동
분서주 불려다니며 대스타로 활동했고, 당대는 물론 그 이후로도 대
중에게 오래도록 기억되는 추억의 스타 중에 대표적인 인물이 되었다.
애정 어린 엄마의 눈에도 딸의 외모가 미운 오리 새끼였다면, 다른 사
람 눈에는 당연히 더 못한 외모로 보였을 것이다. 그럼에도 그녀는 자
신이 옳다고 생각한 길을 택했고, 자신의 단점을 '개성 있는 외모'로
서 장점으로 부각시켰다. 숱한 장벽을 넘어 꿈을 향해 달렸다. 지혜로
운 판단과 성실함 덕분에 가수와 배우로서, 수많은 영화와 뮤지컬의

여주인공을 휩쓸며 추억의 대스타로서 지금까지 이름을 남기고 있다.

그녀의 꿈이 이루어진 건 반드시 스타가 될 거라는 분명한 목표와 자기 확신, 자신에 대한 믿음이 있었기 때문이다. 아마도 그녀는 제 아무리 연예계라고 해도 성공은 마음먹기에 달려있다고 믿었을 것이다. 성공하기까지, 그녀는 얼마나 쓰디쓴 인고의 시간을 보냈을까? 그때 만일 바브라 스트라이샌드가 어머니의 말에 쉽게 좌절하고 주변의 만류에 쉽게 꺾여 꿈을 접었다면 세계적인 팝스타로 성장할 수 있었을까?

이런 여러 사례를 통해 우리는 어떤 교훈을 얻을 수 있을까? 남이 하니까 불안해서 덩달아 하는 교육이나, 무슨 일이든 해서 돈을 벌어야 하니까 마지못해 하는 직장생활이라면 이제 결단하고 정리해도 좋다.

현재 하는 일에서 일단 '멈추어라'! 멈추었다면 시간을 갖고, 최상의 이미지 컷을 뽑아내기 위해서 다양한 카메라 앵글로 광고상품이나 인물프로필을 촬영할 때처럼, 자신의 장기가 무엇인지 찾아내기 위해서 여러 가지 가능성을 열어두고, 다양한 각도에서 '생각하라'!

생각할 포인트는 무엇을 하면 돈을 많이 벌고 성공할 것인가 하는 점이 아니다. 무엇을 하면 가장 잘하고 좋아하며 평생 즐길지에 관한 고민이어야 한다. 충분히 생각했다면, 이제 '행동할 차례'다! 몰입하느라 시간 가는 줄 모르고, 그 일 때문이라면 끼니를 걸러도 좋을 만큼 열정을 가질 바로 그 일! 당신의 심장을 뛰게 할 그 일이라면 당신은 분명 잘할 것이고, 당신이 원하는 삶을 살게 해줄 것이다. 생각에서 그치지 말고, 당신의 전문 분야를 찾아 나서라!

대한민국을 빛내며 혜성같이 나타난 우리의 젊은 군단, 국가대표 김연아, 박태환, 박지성, 이 젊은 '빅 3'를 생각하면 무슨 생각이 떠오르는가? 여러 가지가 있겠지만, 그중의 하나가 이들이 활약하는 스포츠 분야에 부는, 자녀를 둔 엄마들의 치맛바람이 아닐까 싶다. 제2의 김연아, 박태환, 박지성이 되기를 바라는 이 땅의 수많은 부모가 자신의 욕심을 위해 아이의 꿈이나 의사와는 관계없이 아이의 꿈을 키워준다는 핑계로 싫다는 아이를 억지로 등 떠밀며 인기 교육의 현장으로 보내고 있다. 부모의 심각한 열성에 떠밀린 아이가 향한 장소는 집과 학교 아니면 아이스 링크장, 수영장, 축구장이다. 장래에 유망하고 모양새 있어 보인다는 이유만으로 아이의 재능과는 상관없이 '애먼(일의 결과가 다르게 돌아가 억울하게 느껴지는)' 내 아이를 잡고 있는 건 아닌지 한번쯤 돌아볼 일이다. 당신이 한 선택이 정말 아이의 꿈이 맞는가? 단지 부모의 바람은 아닌가? 부모가 원하는 일 말고 아이의 꿈을 키워주자. 모두 다 김연아, 박태환, 박지성이 될 수 없다. 물론, 아이가 좋아하고 잘하는 데다 부모가 확실하게 지원한다면 더 바랄 것이 없겠지만….

바브라 스트라이샌드의 엄마처럼 꿈나무의 기를 죽여서도 안 되겠지만, 그 분야에 재능이나 관심이 없는 아이에게 부모 표 욕심을 부리는 일 또한 그 못지않게 자제할 일이다. 양쪽 다 넘치는 일이다. 한쪽은 지나치게 꿈을 억누르고 다른 쪽은 지나치게 억지로 꿈을 만들어 가려 하니 말이다.

팥인 아이에게, 너는 콩이 되라고 하지 마라. 콩이 되고 싶은 아이에게, 팥이 되라고 하지 말자. 단팥빵을 좋아하는 아이에게, 왜 콩비지는 좋아하지 않느냐고 되묻지 말자. 콩국수를 잘 만드는 아이에게, 왜 팥죽은 못 만드는지 야단치지 말자. 그건 아이의 잘못이 아니다. 그저 부모와 생각이 다르고, 자신이 가진 재주가 따로 있는 것뿐이다. 아이를 야단치기 전에 당신 자신을 돌아볼 시간을 더 가져보아라.

정신과나 심리 상담실을 찾는 사람(내담자) 중에는 오히려 건강한 사람이 제법 많다고 한다. 그래도 그들은 자신이 뇌나 마음 어딘가가 병들어 있다는 사실을 알지만, 문제는 자신이 병들어 있다는 사실조차 몰라서 병원을 찾지 않는 사람들에게 있다고 들었다. 그리고 내담자가 가진 질병의 원인이 자신에게 있는 때도 있지만, 대개는 내담자를 병들게 한 원인제공자가 따로 있다는 사실이 의외였다. 정작 장본인은 자신의 정신에 병이 걸린 줄도 모르고, 상대인 내담자(피해자)만 잡는다고 하니 참 아이러니이다. 내가 보기엔, 아이의 의사는 무시한 채 자신이 원하는 방향으로 아이의 인생을 이끌어 가고, 아이가 목표달성을 하지 못하면 들볶으며 아이에게 문제가 있다고 야단치는 부모들이, 앞서 설명한 질병 사례의 원인제공자(장본인)에 해당하지 않을까 싶다.

적성이나 흥미, 관심사보다는 성적과 사회적 인기, 돈과 취업 등이 보장된 미래와 부모의 희망을 따라 학교와 전공을 고르다 보니 대학생이 되어서도 방황하는 젊은이가 은근히 많다. 뚜렷한 목표의식 없이 학과 공부를 시작했기 때문에 전공에 대한 애착이나 학업에 대한 열정도 생기기 어렵다. 결국 뒤늦게 후회하고 편입하거나 복수전공이나 부전공을 선택하기도 하고 다시 입시를 치르기도 한다. 그렇지 않은 대학생 대부분은 졸업 후에 전공과 관계없이 취업한다. 문제는 취업하고서도 일에 흥미를 별로 느끼지 못하고 만족하지 못하는 경우가 많아 또 다른 가능성을 위해 대학원에 진학하거나 다시 입시의 세계로 뛰어드는 험난한 여정을 반복한다는 것이다.

가끔 대학 강단에 서게 되면 학생이 희망하는 진로를 들을 기회가 있다. 그런데 대학교 3학년이 되어도 갈피를 못 잡는 학생이 의외로 많아 너무 안타까웠다. 그들 중엔 자신의 뚜렷한 주관보다는 유행이나 교육 환경, 사회나 주변 사람의 분위기에 떠밀려 어영부영 청소년기를 보낸 경우가 적지 않았다. 대학에 와서도 남들 하는 대로 따라 살기에 바쁘고 뚜렷한 목적의식이나 비전이 없는 데다 미처 뒤를 돌아볼 여유가 없었던 탓일 것이다.

대한민국에서 대학은 고등학교를 졸업하면 누구나 가야 하는 당연한 절차가 되어버린 지 이미 오래다. 하늘 높은 줄 모르고 치솟는 대학 등록금은 온 가족이 아무리 허리띠를 졸라매도 감당하지 못할 지경이다. 그런데도 대학에 가지 않으면 출세든 사람 노릇이든 못한다는 선입견 때문에, 무작정 대학부터 가고 보자는 식의 사고가 정작 대학에 진학해서도 자신이 어디로 가야 하는지, 무얼 해야 하는지 모르는 길 잃은 청춘을 양산해낸 건 아닌지 모르겠다. 이 소비적인 생각이 변하지 않는 한, 현실적으로 인생 중에서 가장 빛나야 할 청춘이 가장 어두운 암흑기가 될 공산(公算)이 크다.

꿈을 좇기보다는 성적에 맞춰서 대학에 가야 성공할 것만 같은가? 남이 하니까 내 자녀에게도 영어, 스케이트, 수영, 축구를 가르쳐야만 사람 구실을 하고 세상에서 인정받을 것 같은가? 이런 선입견이 아까운 우리 젊은이들과 사회를 병들게 한다. 성인이 되어도 여전히 '어떻게 살아야 하나?'보다는 한 치 앞만 보며 '무얼 하며 살아야 하나?'를 고민한다면 이 얼마나 성숙하지 못한 인생인가. 남들이 하니까 나도 한다는 '덩달이 식' 선택은 여기서 멈추자. 귀를 열고 마음의 소리를 들어라. 자신을 성찰하고 알아가는 시간을 갖다 보면 타고난 성향이나 재능 한두 가지 정도는 발견할 수 있을 것이다. 세계적인 물리학자 아인슈타인은 삼촌이 내준 수학 문제를 풀다가 자신의 재능을 발견했고, 세계적인 첼리스트 정명화는 어려운 살림에도 피아노를 선물해준 엄마에게 보답하기 위해 열심히 피아노 연습을 했지만 실력이 늘지 않아 괴로워하던 중 엄마를 따라 간 악기점에서 먼지 쌓인 첼로를 보는 순간 첼로의 매력에 빠져 첼리스트가 되었다고 한다.

우리는 재능이 없는 게 아니라 아직 못 찾은 것뿐이다. 우리가 어서 찾아내주길, 손을 내밀어주길 우리의 재능은 간절하게 기다리고 있다. 천천히 내면에 귀 기울여 그 손을 잡고 이끌어 주자. 누가 뭐라고 하든지 꿈을 따라 살자. 팝의 디바 '바브라 스트라이샌드'처럼.

※
열정이 있다면,
나이는 숫자일 뿐이다

: 한낱 숫자에, 자신의 가능성을 제한하지 않는 사람

"세월이 가서 늙는 것이 아니라, 꿈을 잃었을 때 늙는 것이다."
· 새뮤얼 올맨 ·

또 하루 멀어져 간다 (중략)

작기만 한 내 기억 속에

무얼 채워 살고 있는지

점점 더 멀어져 간다

머물러 있는 청춘인 줄 알았는데

비어가는 내 가슴 속엔

더 아무것도 찾을 수 없네

고(故) 김광석의 노래 〈서른 즈음에〉가 세상에 처음 나왔을 무렵, 나는 대학교 2학년생이었다.

가짜 인생 속 '진짜' 사람 찾기

당시 이 노래 가사에 푹 빠져 살았던 스물두 살의 백현주는 대학 동기들과 〈서른 즈음에〉를 늘 흥얼거리며 캠퍼스를 활보하곤 했다. 인생에서 서른 살이 주는 느낌이나 의미도 모른 채 애잔한 멜로디와 서정적 가사에 빠져 좋아했더랬다. 어느덧 대학을 졸업하고, 부푼 꿈을 안고 세상으로 나왔다. 하지만 세상은 녹록하지 않았다. 아니, 뼈저렸다. 그래도 케이블 TV의 프리랜서 진행자인 동시에 극단 소속 연극배우로서 남보다 부지런하게 살았다. 지상파 방송사 아나운서라는 원대한 꿈은 잠시 뒤로 미뤄두고 주어진 일에 최선을 다해 하루를 살고, 착실하게 경력을 쌓아갔다. 그러면서 조금씩 나이를 먹어가다 보니 꿈은 점점 더 멀어지는 듯했다. 긴 인생을 어떻게 하면 좀 더 내실 있고 버라이어티하게 살 수 있을까를 고민하다가 대학원에 진학했다. 일하는 짬짬이 공부한 끝에, 당시 중문학도로서는 이례적으로 중국 영화를 연구한 논문을 발표해 한 단계 성큼 성장했다.

그러다가 어느새, 한때 흥얼거리며 즐겨 불렀던 노래 〈서른 즈음에〉의 바로 그 나이, 서른이 되었다. 지난날 지상파 방송사 공채 시험에 떨어지고 방황할 무렵, 한 번에 합격해 멋있는 앵커로 자리 잡은 아카데미 동기들은 이미 결혼을 하고, 더러는 아이를 낳았다. 내가 인생의 전환점으로 잡았던 30대 초반에는 지방 발령으로 속상해했던 친구들도 생겼고, 방송을 떠난 친구들도 있었다. 하지만 서른을 훌쩍 넘겨서도 늘 꿈꾸며 살았고, 새로운 도전을 멈추지 않으며, 기초공사를 탄탄히 닦아온 나 백현주는 그 시기에 석사 학위를 받고 다음 단계로 도

약했다. 서른두 살의 뒤늦은 나이에 방송기자로, 직종을 탈바꿈하는데 성공한 것이다.

나는 타고난 특종기자였을까? 전혀 그렇지 않다. 내 인생에 대가 없는 레드카펫은 어디에도 깔려있지 않았다. 대한민국의 여자 방송인에게 나이를 먹는다는 건 곧 은퇴를 생각해야 한다는 의미이기도 하다. 방송인으로서 수명을 늘리려면 무언가 전문성이 있어야 했다. 그래서 방송기자의 문을 두드리게 되었고 드디어 방송기자가 되었다. 방송기자가 된 첫 6개월은, 긴장의 연속이었다. 군기가 바짝 들어 매일 밤 꿈에서조차 기사를 써댔다. 컴퓨터로 기사를 작성하다가 책상 앞에 앉은 채로 잠든 밤도 자주 있었다. 24시간 일에 시달릴 정도로 압박이 크던 시기였다.

세상의 편견대로라면 여자는 서른이 넘으면 으레 결혼하고, 아이의 양육을 위해서 직장을 포기해야 했다. 회사 쪽에서 보면 언제 그만두게 될지 모를 여자 사원에게 투자하기란 다분히 위험 요소가 있을 것이다. 자연히 남자에게 일을 더 맡기게 되고, 그러다 보니 사회의 어느 전문 분야에서 여자가 두각을 나타내기란 쉽지 않은 게 현실이다. 방송인이라고 해서 기자라고 해서 예외는 아니었다. 그 사실을 기자생활하는 내내, 온몸으로 느꼈다. 현장 구석구석을 발로 뛰며 취재하고, 차별화된 기사를 내고, 생생한 방송을 전하며 악착같이 일해도 업계의 인정을 받기까지는 시간이 꽤 걸렸다. 그래도 포기하지 않고 기죽지 않고, 끊임없이 나를 채찍질하며 앞으로 나아간 치열한 노력 끝에 '특종기자'라는 수식어를 얻었다. 그 비결은 무엇이었을까?

우선 늦은 나이에 얽매이지 않고 과감하게 도전해 직종을 바꿨다는 것이다. 새로운 장벽을 넘기 위해서는 과거의 나를 버려야 했다. 그동안에 쌓은 경력을 모두 내려놓고, 비우고, 잊었다. 나이를 내세우며 누군가에게 대접받기를 눈곱만큼도 원하지 않았다. 실력도 내세우지 않았다. 나는 그저 한낱 사회 초년병, 신입 방송기자일 뿐이었다. 늦깎이 기자로서 내가 성공한 비결은 바로 '초심'이었다. 마치 올림픽 구호처럼, '더 부지런하게, 더 발 빠르게, 더 따뜻하게' 내 업무를 사랑했을 뿐이다. 편견의 문턱을 넘어서니 열심히만 하면 되겠다는 자신감이 생겼고 세상의 편견을 깨니, 인정을 받았다.

물론 나라고 나이 걱정을 하지 않은 건 아니다. 봄에 피는 아지랑이처럼 희미하게, 저만치 멀리 있는 것 같으면서도 아등바등 살다 보면 어느새 이만치 가까이 다가와 있고 어느 날, 선명하게 내 곁에 있는 것은 '서른'이 갖는 나이의 무게감이었다. 하지만 "지금 이 나이에 사회에 나가기에는 너무 늦지 않았냐?" 하고 하소연하는 서른 즈음의 당신에게 당신보다 조금 앞선 경험자로서 자신 있게 말할 수 있다, 전혀 그렇지 않다고.

대학을 졸업하고, 취업하기 위해 학원에 다니며 자격증을 따고, 비정규직으로 여기저기 옮기며 경력을 쌓다 보면 서른이 오는 건 순식간이다. 만일 당신이 남자라면, 시간은 더 속사포 같아서 군대생활을 마치고 대학을 졸업할 때쯤이면 벌써 20대 후반일 것이다. 즉, 서른은 이제 막 무언가를 시작하기에 가장 알맞은 나이라는 것이다. 내가 생각하는 서른은, 일을 향한 열정이 가장 충만하고 세상 살아가는 참맛을 알기 시작하며, 철이 들기 시작하는 나이다. 일의 소중함도 알고, 인내할 줄 아는 나이다. 그렇기에, '무엇이든 시작하기에' '가장 알맞은 때'이고, '좋은 나이'다.

　부디, 나이에 매여 자신의 가능성을 제한하지 마라. 잊을 수 있으면 최대한 늦게까지 나이를 잊고 살라고 당부하고 싶다. 최근 한글연구로 박사 학위를 받아 화제가 된 개그맨 출신 방송인 J를 아시는지? 그가 대학에 입학했을 때 그의 나이는 서른아홉이었다. 마흔이 넘어 성균관대 인문학부를 수석 졸업하면서 대통령상까지 받은 그는 그 후 꾸준히 학문의 길을 걸었고, 쉰의 문턱을 넘어서 '한글박사'라는 빛나는 쾌거를 이루었다. 그의 소식을 들었을 때 제3자인 나까지도 가슴이 두근거리고 설레고 울렁거렸다. 한마디로 감동이었다. 만일 당신 또한 도전을 멈추지 않는다면, 꿈을 향한 발걸음을 지금도 내딛고 있다면, 마흔도 반짝거리는 나이이고 쉰도 꽃다운 나이이다. 하물며 서른은 말해 무엇하겠는가.

세상에 사람은 많지만,
사람다운 사람은 생각보다 흔치 않다.
매일 거리에서 치이는 게 사람이지만
마음속 깊이까지 아름다운 사람은 드물고,
진정한 내 편, 내 사람은 더더구나 없다.
70억 인구, 그중에서도 눈에 보이게는
대한민국 5,000만이 넘는 인구 중에서
나와 인연이 닿을 정말 사람다운 사람,
이 땅에 희망이 되어 줄 그 단 한 사람!
나는 오늘도 그 한 사람을 찾고 있다.
그런 사람이 세상에 반드시 있음을
믿으면서. 그리고 내가 바로
그 한 사람이기를 희망하면서
오늘 하루도 뚜벅뚜벅,
길고 지난(至難, 지극히 어려운)한
삶의 길을 걷는다.
잃어버린 내 소중한 보물을 찾는 것처럼.

Return IX _ 35X70cm _ acrylic on canvas

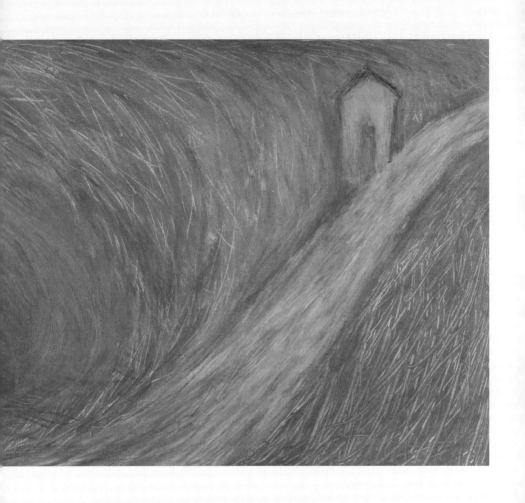

사람 속 '사람' 찾기, '한 사람'이 희망이다!

2

※

다른 사람을 향한
공감의 촉을 세워라

: '마음의 함정'에 빠진 사람과 진심어린 마음으로 함께 걷는 사람

"신께서는 한쪽 문을 닫을 때, 다른 창문을 열어 놓으신다."
• 영화 〈사운드 오브 뮤직〉 중에서 마리아 수녀의 대사 •

서류를 만지다가 날카로운 종이 모서리에 손가락이 살짝 베이기만
해도 '앗' 소리가 터져 나오며 반사적으로 손가락을 부여잡는 게 나약
한 인간의 모습이다. 또한, 어딘가에 다쳐서 피라도 좀 흐르거나 병원
에서 정밀 검사라도 하자고 하는 날엔 가슴이 철렁 내려앉으며 섬뜩해
진다. 그나마 몸의 바깥 부분은 멍들거나 다친 것을 눈으로 구별할 수
있기에 '아프구나, 다쳤구나'를 누구나 보고 알 수 있다. 상처가 미미하
면 밴드로 감싸기도 하고, 상처가 크면 병원에 가서 꿰매거나 깁스를
하여 나을 때까지 치료를 받는 게 일반적인 대처법이다.

하지만 마음에 병이 찾아오면 이야기는 달라진다. 마치 흠이라도 잡
히고 자존심이 긁히기라도 하는 양 대부분은 마음이 아프다는 사실

을 감추려 든다.

　세계에서 두 번째로 높은 산으로 등반은 더욱 어렵다고 알려진 'K2 (높이 8,611m)'와 같은 8천 미터 거봉을 완등하기 위해 빙벽을 오르는 산악인들은, 어쩌다 크레바스(빙하의 표면이나 눈 골짜기에 생긴 깊은 균열, 갈라진 틈)에 빠지면 곤혹을 치르거나, 심한 경우 사망하기도 한다. 산악인을 삼키는 무서운 '등반길의 함정'인 크레바스처럼, 한번 빠지면 헤어 나오기 어려운, 깊은 '마음의 함정'이 바로 우울이다. 의학 통계를 보면, 세계 70억 인구 중 우울증을 앓고 있는 인구는 4~5억이라고 한다(2012년 기준). 우리나라 성인의 1/4이 우울증 환자이고, 질병의 특성상 남자보다 여자가 2배 이상 많다.

　우울한 기분과 우울증은 엄연히 다르다. 우울한 기분이 정상상태라면, 우울증은 '우울병으로서 기분이 언짢아 명랑하지 아니한 심리 상태'로 스스로 조절이 불가능한 병적 상태이다. 따라서 우울증을 치료하기 위해서는 외부의 전문적인 도움이 필요하다. 우울증에 걸리면 기분이 가라앉는 정도가 지나치게 심해서 매우 고통스러울 뿐 아니라 일상적인 생활의 적응에 어려움을 겪으며 흔히 고민, 무능, 비관, 염세, 허무 관념 따위에 사로잡히게 된다. 평소엔 괜찮은가 싶다가도 안 좋은 일이 생기면 여지없이 그 증세가 나타난다.

　하지만 우울증은 다양하게 분류되는 복합적인 '질병'일 뿐, 죄도 아니고 약점(결함)도 아니다. 다만, 정신과에서는 우울증이라는 질병의 상태를 우울증적인 생각을 하기에 '회색빛 선글라스'를 끼고, 회색 빛

깔로 세상을 본다고 표현한다. 인간이 완전한 존재가 아니므로 생겨나는, 누구나 겪을 수 있는 마음의 병인 것이다.

유명인이건 아니건 간에 스스로 생을 마감하는 안타까운 사례 중에 우울증 환자가 많다는 사실을 심심찮게 듣는다. 가까운 사람이 그렇게 외롭게 죽어갈 때까지 가족과 지인은 그동안 대체 무엇을 했단 말인가…. 그렇게 허무하게 한순간에 생명을 놓아버리면 남겨진 이들은 또 그것을 어떻게 감당하란 말인가.

"한류스타 P가 6월 30일 오전 5시 30분경 서울 강남구 논현동 자신의 방에서 서른셋의 삶을 마감했습니다."

"살아도 사는 게 아니야…."

– 영화배우 故 L양이 남긴 마지막 메모 중에서 –

2005년 2월 22일, 겨울의 기운이 채 가시기도 전에, 당시에 가장 무한한 가능성을 지닌 여배우로 주목받았던 충무로의 블루칩, 배우 L은 스스로 생을 마감했다. 이후, 가수 Y, 배우 C 남매, P, C 등 왕성한 활동을 하고 있거나 활동을 준비 중이던 스타들이 잇따라 자살했다. 이들의 갑작스러운 자살 소식은 많은 이에게 감당하기 어려운 충격을 안겨주었다.

안타까운 마음으로 현장 취재를 하면서, 그들은 대체 왜 스스로 끔

찍하게 생을 마감하는 결단까지 해야 했을까를 고민하며, 그 이유를 찾아보기로 했다(그들의 살아온 행적을 개탄하겠다는 취지로 그들을 죽음으로 내몬 원인을 찾아내려던 게 아니다). 혹시 같은 아픔을 겪고 있거나 비슷한 고민과 상황에 놓인 이들이 있다면, 그런 비극을 어떻게든 막아야겠다는 직업 정신의 발로에서였다. 생전에 인터뷰도 하며 함께 밥도 먹고 현장에서 같이 땀 흘렸던 취재원들과 앞으로 영영 함께할 수 없다고 생각하니 원인 모를 자책감이 밀려왔기 때문이다.

당시 배우 L의 뉴스는 연예인 자살소식의 신호탄 같은 사건이었다. 당시 개봉을 앞둔 영화 〈여자, 정혜〉의 주인공이었던 K는 시사회 도중 연락을 받고 큰 충격에 빠졌다. L과 같은 소속사로 절친한 사이이기도 해서 결국 시사회 이후 예정된 기자간담회도 취소했다. L과 인터뷰를 해본 경험이 있는 기자들은 침통한 마음으로 경찰서로, 빈소로 달려갔다.

그 뒤로도 계속, 다시 일어나지 말아야 할 사건이 해마다 이어졌다. 여배우 J가 2007년 2월 10일, 어린 나이에 세상을 떠났다. J와 친분이 두터웠던 동료 기자가 부음 기사를 쓰면서 마음을 다잡지 못하던 모습이 기억난다. 고인이 안치되던 날, 그녀의 유해가 잠든 유토피아 추모관에는 매서운 겨울바람이 불었다.

그리고 그 다음해 당대 최고의 여배우요, 국민 배우로 자리매김했던 C의 죽음은 그 어느 자살 사건보다, 웬만한 국가적 사안 이상으로 모든 국민에게 충격을 크게 안겨 주었다. 2008년 10월 2일은 마침 부산국제영화제 개막날이었다. 부산으로 향하던 기자들은 발걸음을 돌려서 서울로 다시 속속 돌아왔다. 나도 대구에서 서울로 방향을 돌이켰다. 지상파 3사 위성중계차가 고인의 빈소 앞에 대기 중이었다. 연예인 자살에 지상파 중계차가 전부 몰린 건 C의 사건뿐이다. 그만큼 그녀의 죽음은 대중에게 큰 슬픔을 안겼다. C에 이어 그녀의 동생도 자살했기에 아픔은 더했다(그녀의 전 남편까지 스스로 목숨을 끊어서 그 안타까움은 더 크다).

이후 한동안 조용한가 싶더니, 또다시 큰 별이 졌다. 열심히 활동 중이었고, 대중에게 늘 밝은 얼굴로 환하게 웃어주던 그였기에 누구도 그의 자살을 짐작하지 못했다. 2010년 6월 30일, 선한 미소가 아름답던 배우 P가 자살로 세상을 떠났다. 앞서간 친구를 보내며 하염없이 슬프게 울던 배우 S를 보며 '내가 죽으면 저렇게 울어줄 친구가 있을까?'란 생각을 해본 사람이 참 많았더랬다.

연예인 자살은 계속 이어져 2012년 6월 12일에는 이름이 특이한 신인 여배우 J가 세상을 떠났다. 이제 시작하는 신예였기에 그녀의 고충을 헤아리지 못했다며 많은 사람이 가슴을 쳤다.

사람에게 마음을 주지 못해 술로 위안 삼아 보려 했지만, 술로도 위로받지 못할 단계에까지 이르자 결국 죽음을 선택한 스타들… 그들은 대부분 우울증을 앓다가 자살을 선택했다.

연예인 자살 사건을 오래 취재하다 보면 가슴에 돌덩어리 같은 묵직한 무언가가 켜켜이 쌓인다. 스타라고 하면 그저 화려하게만 생각하고, 혹시라도 그들이 힘든 기색을 조금이라도 보이려 하면, '왜? 스타면서… 뭐가 문젠데? 너희는 돈 많잖아. 광고 하나 찍으면 집 한 채는 문제없고, 평생 사용하다 죽어도 다 못 쓸 정도로 돈도 많이 벌지 않나? 게다가 인기도 많잖아!'라는 단정적인 생각과 질투 어린 말로 더 깊은 대화를 나누기 어렵게 만든 사람이 바로 그들과 함께 호흡했던 주변의 많은 언론인과 대중이라는 이름의 '우리'였다. "무엇 때문에 그래?", "뭐가 잘 안 풀려?", "요새 자기 마음에 암적인 존재가 누구인데…?" 이렇게 진심으로, 아픔을 구체적으로 이해하려는 마음자세로 그에게 다가간 사람이 과연 몇이나 되었을까 하는 생각이 들어 앞서 보낸 그들에게 진심으로 미안하다.

스타의 자살 사건을 취재하는 과정에서 대중에게 적어도 이 한 가지 사실만은 알려야겠다는 생각에 조사했던 내용이 있다. '수면제와 자살의 연관성', '자살을 이끄는 수면제의 위험성'이다. 연예인 자살 빈소에 있다 보면 사람들이 개탄하는 사실 중 하나가 '수면제 문제'이다.

연예인 자살 사건엔 수면제와 술이 항상 빠지지 않았다. 연예인 중에는 우울증에 시달려 습관적으로 수면제를 복용하는 사람이 더러 있다. 그런데 수면제 중에는 자살 충동을 불러일으키는 종류가 있다고 한다. 실제 인터뷰 과정에서 알게 된 충격적인 사실은 우울증에 시달려서 술을 마시고, 술을 마신 상태에서 수면제를 먹다가 충동적으로 자살할 수 있다는 증언이 많았다는 것이다. 그러나 해당 스타의 유족이 고인이 먹은 수면제 종류를 밝히기 꺼려서 취재는 거기서 더 진전을 보지 못하고 벽에 부딪히고 말았다.

눈웃음이 매력적인 환경운동가 겸 여배우인 P는 특이하게도 연예인 자살과 관련해 석사논문을 썼다. 나도 거기에 관심이 많던 터라 도서관에서 그녀의 논문을 빌려 꼼꼼히 읽어봤다. 그녀가 제시한 자살의 원인은 스트레스이며, 스타에게 스트레스를 일으키는 주된 요인으로 연예인에 대한 세상의 높은 기대와 차가운 현실, 주변의 시선, 악성 댓글, 뜬소문, 파파라치(몰래제보꾼) 등을 자체 조사결과로 꼽았다.

P는 자신의 논문에서, 적지 않은 연예인이 우울증으로 병원을 찾고 싶어도 주변의 시선 때문에 결국 발길을 돌리는 게 현실이라고 밝혔다. 치료를 받고 싶어도 대중의 눈이 무서워서 망설여야 하는 연예인의 현 상황에 정말 안타까운 마음이 들었다. 한편 P는 제도적인 장치의 마련과 함께, 아울러 연예인 동료 사이에 대화를 많이 나누는 방법을 연예인 자살 문제의 해결책으로 제시하며 우리 사회에 도움의 손길을 요청했다.

연예인 자살 사건을 이야기하다 보니 문득 최근 한 프로그램에서 중견배우 P가 했던 말이 떠오른다. 국민배우 C가 목숨을 끊기 한 달 전 P에게 방송에 함께 출연해 달라며 전화로 부탁해왔다고 한다. 그런데 P는 당시에 그녀의 출연 요청을 거절했다. 돌이켜 생각하니, C의 진심은 방송 출연을 위해서라기보다는 오히려 누군가와 대화를 하고 싶었던 마음이 아니었을까 싶다며 사건이 터진 후에서야 뒤늦게, 그녀의 부탁을 거절한 사실을 뼈저리게 후회한다고 자책하며 눈물지었다. P는 그 순간의 선택을 얼마나 되돌리고 싶을까? P의 처지에서 생각하니 나 또한 마음이 너무 아팠다. 지금 내 주변에 간절한 소통을 원하는 사람은 없는가? 만약 이 순간, 누군가 조금이라도 마음에 걸리는 이가 있다면 그를 찾아가서 따뜻하게 이야기를 들어주며 두 손을 잡아주면 좋겠다. 당장 만나기 어려운 상황이라면, 진심으로 위로하고 격려하는 관심 어린 전화 한 통으로 우선 그에게 다가갔으면 한다.

일본 중세의 무인으로 에도 막부 시대의 초대 쇼군이었던 도쿠가와 이에야스는 '인생은 무거운 짐을 지고, 먼 길을 걷는 것'이라고 했다. 그는 가문을 지키기 위해 큰아들을 죽게 했고, 신분이 달랐던 도요토미 히데요시에게 무릎을 꿇었다. 오랜 시간 참고 또 참은 끝에 일본 제일이 됐다. 어린 시절에는 '인생은 무거운 짐을 지고 먼 길을 걷는다'는 구절의 의미를, 인생에서 사람은 어차피 혼자인 쓸쓸한 존재라는 뜻으로 받아들였다. 그런데 나이가 들어가면서 '짐이 좀 무거우면 어떤가. 무거우면 나눠서 지면 되고, 잠시 쉬어 가며 마음을 다잡으면 오히려 더 좋지 않은가'라는 생각을 하게 되었다.

가야 할 길이 멀 수도 있고, 가까울 수도 있지만 내 곁에는 누가 되었든 같이 걸어가는 사람이 있기 마련이다. 물론, 때로는 혼자 걸어야 할 때도 있을 것이다. 누군가 늘 함께 곁에서 걸어주지 않아도 좋다. '마음으로 함께' 진심으로 동행한다는 사실만으로도 큰 힘이 된다.

개그맨 출신으로 초록우산 어린이재단 홍보대사로 활동 중이며 지금은 방송에서 사회 보는 일을 많이 하는 방송인 L은 그의 버킷 리스트였던 국토 대장정을 나이 예순이 되어서 이루었다. 사람들은 그 나이에 무슨 대장정이냐며 엄두도 내지 말라며 말렸지만, 그는 자신의 꿈을 실현함은 물론 아프리카 남수단 어린이의 희망이 되어줄 자전거 후원 기금을 마련하기 위해 30일을 하루도 빠짐없이 걷고 또 걸었다. 신발은 고사하고 한 끼 식사도 거를 때가 많은 아프리카 아이들…. 매일 맨발로 수십 km나 되는 거리까지 마실 물을 길러 가고 하루에도 대여섯 시간씩 걸어서 학교를 통학해야 하는 아프리카 아이들의 고통을 함께하기 위해 시작된 일이었다. 누가 봐도 분명 20~30대 젊은 사람이나 가능한 일이었다. 그러나 그는 무엇에도 흔들리지 않고 도전했다. 2012년 5월 5일, 어린이날을 시작으로 부산에서 출발해 서울로 돌아오는 약 610km의 길고 긴 여정을 많은 지인과 각 도시의 시민이 함께해 주었다. 때로는 입대를 앞둔 아들이, 또 아내가 그의 든든한 지원군이 되어주었다. 덕분에 예상했던 액수보다 훨씬 많은 약 2억 9천만 원을 모금했다(한 대에 12만 원 가량하는 현지 자전거를 몇 대나 살 수 있는지 빨리 계산조차 안 되는 금액이지만, 이 글을 읽는 분 중에 뜻을 같이하는 분들이 많이 생겨나서 아프리카 아이들이 더 많이 혜택을 받는 날이 오기를 바란다).

그런데 사실, 함께 걷는 일 이상으로 더 든든한 지원군은 따로 있었다. 그와 함께 마음으로 걸어주는 사람들…, 그들은 실시간 문자와 L

의 인터넷 홈페이지(http://bbangco.com)에 댓글을 달며 정말 열렬하게 진심을 담아 그를 응원했고, 그는 끝내 꿈과 약속을 동시에 이뤄낼 수 있었다.

걷는 일엔 동지가 필요하다. 함께 걸어주면 더욱 좋지만, 마음으로만 같이 걸어주어도 한 사람이 인생을 살아가는 데 훨씬 더 풍요롭고 든든할 수 있다. 오늘부터 누군가와 함께 걸어주자. 응원하는 마음으로 함께! 마음만으로라도 진심으로 함께 걸어주는 친구와 이웃이 있다면 하늘이 섭리대로 부르시는 그때에 우리는 기꺼운 마음으로 이 땅을 떠날 수 있을 것이다.

누구든 몸에 상처가 나고 사고가 생길 수 있는 것처럼 마음의 병 또한 어느 날 갑자기, 누구에게나 찾아올 수 있다. 우울증 역시 희로애락과 마찬가지로 마음에 생긴 하나의 감정이고 해결하지 못한 마음의 감정이 병으로 발전했을 뿐이다.

몸에 입은 외상은 겉으로 나타난다. 눈으로 보이기에 병원이나 약국에 가서 치료할 수 있다. 하지만 마음이 다치면 문제가 다르다. 말하지 않으면 당신의 병든 마음을 누구도 알기 어렵고, 따라서 치료도 어렵다. 육체의 병보다 훨씬 어려운 건 마음의 병이다. 진단도 치유도 본인의 의지 없이는 불가능하다. 그 열쇠를 스스로 쥐고 있기 때문이다. 부정적인 생각은 또 다른 부정적인 생각을 낳고, 꼬리를 물고 파고들어 결국 마음의 병을 유발한다.

'소통의 부재', 이것이 우리 사회 구성원이 암암리에 우울증에 빠져드는 가장 큰 요인이 아닐까 싶다. 누군가가 나에게 힘들다고 미리 눈짓하거나 SOS를 쳤는데도 외면하거나 눈치채지 못하지는 않았는지, 상대에게 '공감의 촉'을 더 세워 그 사람의 심정을 예민하게 느껴보자. 나 자신은 또 어떤지, 혹시 내 마음이 아프다는 사실을 감추려고만 하지는 않는지 스스로도 점검해 보자. 이런 작은 노력이 우울증으로 병들어가는 사회를 정화하는 첫발을 떼는 것이 아닐까.

장애를 딛고 일어나거나
돕는 1인이 되거나

: 헬렌 켈러처럼, 때로는 앤 설리번처럼 끈기 있는 인내의 사람

"삼인행필유아사언(三人行必有我師焉)"
: 세 사람이 가면 반드시 스승으로 삼아 배울 만한 사람이 있다.
· 공자 ·

'굼벵이도 구르는 재주가 있다'는 옛 속담이 있다. 아무리 무능한 사람도 한 가지 재주는 있음을 비유적으로 표현한 말이다. 때론 비웃음의 뉘앙스로도 사용하지만, 무능력을 자책하는 사람을 위로하기 위한 격언으로도 쓴다.

어린 시절, 우리는 위인이나 영웅 이야기를 자주 읽었다. 나라와 시대를 뛰어넘어 위인 이야기의 주인공에게는 몇 가지 공통점이 있다. 좋지 않은 환경에 머리도 딱히 좋지 않고 신체조건 등 대부분 불리한 조건을 타고났고 역경은 왜 이리 많은지…. 그런데, 주인공은 그 고난을 극복해내고 결국 세상의 으뜸이 된다는 행복한 줄거리로 항상 끝맺는다. 줄거리나 주제를 파악하며 읽어도 막상 독후감을 쓰려고 하면 어

린 마음에도 어쩌면 그렇게 하나같이 와 닿지 않던지!

어릴 때 스치듯, 혹은 귀찮아하는 마음에 대충 읽어 넘긴 위인전을 지금에 와서는 곱씹어볼 필요가 있게 되었다. 그들이 어떻게 자신의 결점을 극복하고 장점으로 승화시켜, 위인이 되기까지 했는지, 그 방법론을 짚어보고 또 벤치마킹해서 우리 삶에 적용해보기 위해서 말이다. 물론, 위인전은 대중에게 교훈을 줄 목적으로 쓰였기 때문에 작가가 윤색하는 과정에서 내용을 조금 덧붙이거나 뺐을 것이다. 그러므로 실제보다 좀 과장되게 부풀리고 드라마틱하게 포장되었을 수가 있다. 그렇다고 허무맹랑한 스토리를 극화시켜서 소설로 만들 수는 없는 일이니 위인전을 곱지 않은 시선으로 바라볼 이유까지는 없다. 그저 역경을 극복한 위인 이야기를 통해서 지금의 힘겨운 마음을 다잡고 위로받았으면 좋겠다.

주변을 보면 어떤 상황에 처했을 때 자신은 도저히 극복할 수 없다며 더 시도해보지도 않고 쉽게 포기하는 사람이 심심찮게 있다. 이유도 제각각이어서 신체적인 문제나 경제적인 문제를 내세우거나, 시작하기에는 늦은 나이라는 둥 이런저런 '안 될 핑곗거리'를 찾는 모습이 더 많다.

반드시 똑똑하고 환경이 좋아야 성공하는 것일까? 어른들이 들려주는 교훈처럼 학습(공부) 머리와 사업 머리는 따로 있고, 처세술에 밝은 사람도 따로 있다는 진리 아닌 진리를 나이가 들수록 심심찮게 경험한다. '성적'은 우등생과 열등생을 가르기 위한 기준으로 학교에서 사람의 학습 능력을 평가하고 순위를 매기는 데 필요한 것일 뿐, 머리가 좋거나 공부를 잘했다고 해서, 선생님의 귀여움을 독차지했다고 해서 부자로 산다거나 사회적으로 성공한다는 불변의 법칙은 없다. 이러한 규칙과 사회적 편견에 반기를 든 위인들이 있다. 우리가 발명왕으로 기억하는 에디슨이 그 대표적 인물이다.

1847년, 미국에서 출생한 토머스 에디슨(Thomas Alva Edison, 1,000종이 넘는 특허 제품을 발명했고 전구의 발명이 특히 중요하다)은 20세기 최고의 발명왕으로 불리며, 오늘날 통신과 영화 산업 발전의 모태를 이룬, 입지전적인 과학자이다. 지금은 천재적인 발명왕이라고 칭송받는 에디슨이지만, 어린 시절에는 '멍청이'라는 별명으로 불렸고, 학교에서 퇴학을 당하기까지 했다. 어릴 때 잃은 청력으로 수업을 따라가지 못해서 학교에서 모자란 아이 취급을 받은 에디슨은 결국 자퇴하게 되고, 가정에서 부모의 교육을 받으며 성장하게 되었다. 여기서 놓쳐서는 안 되는 포인트가 위인으로 알려진 에디슨도 퇴학까지 당할 만큼 어려서는 멍청이 취급을 받았다는 사실이다.

이야기는 여기에서 끝나지 않는다. '될성부른 나무는 떡잎부터 알아본다'는 옛 속담이 있다. 장래에 크게 될 인물은 어릴 때부터 다르다는 의미이다. 떡잎으로 나무를 알아본다고는 하지만 '떡잎'보다 더 중요한 키워드가 있다. 바로 주인공을 향한 주변의 '사랑'이다.

'사랑'은 사람을 변화시킨다. 누군가에게 상처받은 마음은 제3의 사람이 부어주는 사랑을 통해 얼마든지 치유될 수 있다. 부모에게 버림

받은 고아가 보육원에 보내지거나 길거리에서 성장해야 한다면 상처 받은 채로 평생 살아갈 것이다. 그러나 만일 새로운 부모가 사랑으로 따뜻하게 품어준다면 그 상처는 '사람으로' 치유될 수 있다. 사회 정의를 위해 싸우고, 사회를 섬기며 약자를 돌보는 일에 앞장서는 C·S 부부의 입양이 그 좋은 사례가 아닐까 싶다.

사람의 잠재력은 상처를 회복하는 순간, 얼마든지 건강하게 나타날 수 있다. 학교에서는 버림받았던 에디슨을 세계의, 세기의 위대한 발명가로 성장시킨 힘은 바로 부모의 사랑과 격려, 칭찬과 믿음, 인내와 기다림이었다. 비록 세상은 포기했을지 몰라도, 부모는 에디슨을 야단치거나 비난하거나, 포기하지 않았다. 에디슨의 부모는 세상의 길을 따르지 않았고 자녀의 잠재력과 장점을 발굴해서 새로운 길을 열어주고자 했다. 인내하며 기다릴 줄 아는 현명한 부모의 맞춤형 교육은, 발명이라는 한 가지 재능에 집중하고 몰입해서, 세상을 바꿀 발명품을 만들게 하는 결정적인 원동력이 된 것이다.

남보다 느리고, 실력이 뒤처진다고 해서 나 스스로, 그리고 자녀를 외면하거나 포기해서는 안 된다. 설령 그가 이웃이라고 해도 좀 느긋하게 기다려주고 기회를 주었으면 좋겠다. 누구에게나 그 사람만이 가진 재주와 재능이 있다. 그것은 주변의 관심과 믿음, 격려와 칭찬을 통해서 발굴되어진다. 정말 재능이 뛰어난 사람이 있다고 치자. 그에게 모두가 무능하다고 부정적인 말을 계속하면 그는 어느새 자신감을 잃고, 정말 무능한 사람이 될 것이다. 말은 사람을 만든다. 사람을 살리기도 하고 죽이기도 하는 것이다. 스스로 좌절하지 말자. 격려하고 칭찬할 사람을 늘 가까이 두자. 덧붙여 어떤 상황에서도 스스로 자신을 포기하는 태도는 하늘이 이 땅에 나를 보내신 분명한 목적에 대한 직무유기라는 점을 잊지 않았으면 한다.

그러면 몸이 불편한 경우는 어떤가? 장애가 있다고 아웃사이더가 되어야 할까? 역시 대답은 '노우(NO)'이다! 장애를 삐딱한 시선으로 바라보는 사람도 문제지만, 장애인은 못하는 일투성이라고 스스로 처음부터 포기하는 마음 자체가 장애이다. 마음에 장애를 안고 살아가면 그 누구라고 해도 도와줄 수가 없다. 신체장애는 불편하긴 하지만, 얼마든지 극복할 수 있다. 신체적인 장애만으로 인간의 자존감과 강한 의지를 절대 꺾을 수 없다. 그래서 편견이라는 문제에 부딪히더라도 이겨내겠다는 마음으로 끝까지 밀고 나아가야 한다.

장애인 중 대표적인 위인은 아마도, 한국인이 즐겨 이야기하는 위인 중의 하나인 '헬렌 켈러(헬렌 애덤스 켈러 Helen Adams Keller, 1880년 미국 출생)'가 아닌가 싶다. 그녀의 이야기는 영화 〈미라클 워커〉를 통해 전 세계로 더욱 널리 알려졌다.

그녀는 두 살 때 성홍열을 앓고 옛날식 표현으로 하면 귀머거리·소경·벙어리(시·청각 및 언어 장애인)가 되었음에도 여행을 자주 다니고, 많은 집필 활동을 한 작가로, 사회사업가와 정치 활동가 및 교육자로도 이름을 날렸다. 한 가지 장애만으로도 살아가기에 어려움이 적지 않았을 텐데, 후천적으로 얻은 세 가지 장애를 동시에 겪으면서도 그녀는 결코 원망하거나 좌절하지 않았다. 시각, 청각 중복 장애인으로서는 최초로 대학에서 인문계 학위를 받았고, 인문학 및 법학 박사의 칭호를 받았다. 또한, 생명이 다하는 그날까지 한평생 시각장애인 복지 사업에 헌신했다. 어려서는 볼 수도, 들을 수도, 말을 할 수도 없었던 그녀가, 어떻게 이런 위대한 업적을 쌓았을까? 장애를 극복하기까지 그녀의 생애를 좀 더 소개해 드리고 싶다.

그녀의 부모는 헬렌의 병을 고치기 위해 5년 동안 여러 병원을 전전했으나 아무런 소득을 얻지 못하고 실의에 빠져 지냈다. 어떤 부모라도 자녀가 이런 고난을 겪으면 실의에 빠질 것이다. 후천적으로 얻은 질병이라면 부모로서 죄책감이 더할 것이다. 자식에 대한 사랑과 미안함으로 헬렌의 부모는 그녀를 절대 포기하지 않았다. 그녀의 나이 일곱 살 때, 앤 설리번이라는 가정교사를 맞았다. 성공하는 사람 곁에는 귀인이 늘 있다더니, 가정교사로 들어온 설리번은 헬렌을 위해서 헌신적으로 노력했다. 설리번 선생은 헬렌의 손바닥에 글자를 써 주는 방법으로 알파벳을 가르쳤고, 헬렌 또한 열심히 잘 따랐다. 두 사람의 피나는 노력 덕분에 열 살 때에는 말도 할 수 있었다. 한 개를 가르쳐주면 열 개를 터득할 정도의 천재성이 헬렌에게 있었을 수도 있겠지만, 설리번의 제자를 향한 헌신적인 '사랑'과 교육을 빼놓을 수 없다.

우리나라에서 장애를 극복한 사례를 들자면, 방송인 K를 빼놓을 수 없다. 당시, 대만 등 중화권에서 인기몰이를 하며 1세대 한류를 주도한 최고의 인기 남성 듀오 C의 멤버였던 K의 오토바이 교통사고는 1990

년대 연예가 빅뉴스 가운데 하나로 지금도 많은 사람이 기억할 것이다. 그 사고로 그의 화려한 춤을 못 보게 될 거라는 안타까움은 둘째치고, 방송에 비친 그의 모습은 신체 마비로 일어서기조차 불가능해 보여 엄청난 충격과 파장을 안겨주었다. 사고 발생 한참 뒤에, 한 방송 프로그램에 출연한 그는 지금은 아내가 된 여자 친구의 감동적인 간호에 힘입어 기적처럼 휠체어에 앉았고 결혼도 하게 되어 많은 이에게 희망 메시지를 선사했다. 그는 거기에서 멈추지 않았다. 장애우를 위한 사회봉사에 앞장섰고, 휠체어를 이용한 춤과 노래를 개발해서 꾸준히 방송에 출연함으로써 팬들과 끊임없이 소통하며 살아가고 있다.

토머스 에디슨, 헬렌 켈러, C 멤버인 K의 성공에는 공통점이 있다. 그들을 향한 주변 사람의 '사랑'이다. 그보다 더 중요하게는 장애인 스스로 장애를 극복하겠다는 '의지'와 '확신', 나아가 '노력'이 동반되었다는 점이다. 시도해 보기도 전에 나는 당연히 잘할 수 있는 게 없다고 좌절하거나 낙심부터 하는 어리석음을 범하지 말자. 지금 나 자신이, 세상에서 가장 불행하고 힘든 사람이라는, 아무 소득도 없는 우울감부터 당장 버려야 무기력증에서 벗어날 수 있다.

우리 사회가 가진 고질적인 문제 중에 한 가지가 항상 위만 쳐다보며 사는 것이라 생각한다. 불행과 어려움이 '누구 때문'이라고 남 탓하기 이전에 자신의 탓은 아닌지, 또 내 장점은 무엇인지 한번쯤 들여다보며 살자. 나보다 많이 가진 사람, 잘난 사람만 보고, 부러워만 하고 자격지심에 빠지니까 정작 중요한 자신의 참모습을 바라볼 여력이 없게 되는 것이다. 무엇보다 스스로를 사랑해야 한다. 나보다 더 열악한 환경에 놓인 사람, 더 어려운 이를 돌아보고 도우려는 이웃 사랑의 마음 또한 중요하다. 자존감을 회복하고 자신을 사랑할 줄 알아야 남도 사랑할 수 있다. 자신을 사랑하는 법조차 모르는 사람이 어떻게 이웃 사랑의 참뜻을 알까 말이다.

난들 왜 잘하는 것이 없겠는가! 먼저 자기 자신을 소중히 여기고 사랑해라. 장점이 보일 것이다. 나를 사랑하지 않는데, 어떻게 내 장점이 눈에 띨까? 또한, 내 가족이, 내 친구가, 내 지인이, 이런 자괴감과 무력감에 빠져있다면 그들을 사랑으로 보듬고, 자신의 장점을 찾도록 길라잡이가 되어주어야 한다.

줏대 있는 당당함으로
세상에 묻어가지 않기
: 눈치 보지 않고, 재치 있고 찰지게 나를 표현하는 사람

"They say that time changes things, but you actually have to change them yourself."
: 시간이 해결해 준다는 말이 있긴 하지만, 실제로 일을 변화시켜야 하는 것은 바로 당신이다.
• 앤디 워홀 •

　우리나라 사람들은 튀지 않고, 다수의 편에서 묻어가기를 좋아한다. 내심 튀고 싶어도 목소리를 크게 냈다가 공연히 남의 손가락질을 받거나 책임이라도 져야 하는 난처한 상황 혹은 귀찮은 상황이 될까 봐 우려해서, 애써 뒤에 숨으려 하는 이상한 본능이 있다. 하지만 안전하다는 계산 끝에 뒤로 숨을 때는 언제이고, 막상 일의 결과를 놓곤 자기 소리는 안 듣는다고 볼멘소리를 하는 게 또한 한국인이다. 제발 눈치 보지 말고 떳떳해지자. 남 탓 그만하고, 자기가 한 말과 행동에 책임을 지는 당당한 사람이 되자.

　변변하게 자기주장을 해서는 안 되는 한국문화는 식사시간이면 곧잘 드러난다. 바로 '식사 메뉴 고르기'에서다. 여의도, 광화문, 강남역,

테헤란로 등 직장인이 많고 사람이 많아 음식점이 즐비하게 늘어선 장소 주변을 점심시간에 다니다 보면, 쉽게 듣게 되는 소리가 있다.

"뭐 먹을까?"

"아무거나."

"아무거나 뭐?"

"다들 먹는 것으로…."

분명히 본인이 먹고 싶거나 먹어야겠다고 생각한 음식, 적어도 먹고 싶지 않은 메뉴가 있을 터인데 점심시간의 대화 내용은 여기고 저기고 매일반이다. 오늘은 무엇을 먹고 싶고, 지금 기분이 어떠하므로 일식보다는 중식, 혹은 한식, 혹은 피자가 먹고 싶다고 이야기하면 되는데, 왜 우리는 매일 반복되는 일상의 식사메뉴를 고르는 일에서조차 의사표시를 분명하게 하지 못하는 것일까?

이렇게 소심한 생각을 하게 된 근본적인 이유는 무엇일까? 나와 다름을 인정하는 데 굉장히 인색한 우리 속성 때문이 아닐까. SNS(특정한 관심이나 활동을 공유하는 사람 사이의 관계망을 구축해 주는 온라인 서비스)가 발달하면서 우리는 새로운 소통의 창구로 페이스북, 트위터, 카카오스토리 등을 이용해서 서로의 생각과 일상을 공유한다. 어디 그뿐인가? 정치적인 이야기, 사회적인 문제 등에 대해서도 솔직하게 자신의 이야기를 드러내기도 한다. 그러다 보니 뜻하지 않게 논란의 대상이 되기도 하고, 어떤 정치적 현황에 대해 갑론을박하는 유명인을 종종 보게 된다. 또한, 일반인 중에서도 정치 성향이나, 사회적 현상을 독특한 시각으로 바라보는 사람이 어떤 사안에 대해 다른 의견을 제시하면, 그와 견해가 다른 절대 다수 무리가 마치 공격이라도 하듯 그 사람을 향해 질문과 의견을 폭풍처럼 쏟아내기도 한다. 이러한 공격에 대응하기 힘겨워서, 귀찮아서, 그들과 다른 내 생각에 대해 뭐라고 할까 봐 걱정되어서 등 이런저런 이유로 자신의 속생각을 털어놓지 못하는 사람도 의외로 많다. 나와 다른 생각을 공격하기에 급급한 사람이나, 공격이 무서워 의견을 말하지 못하는 사람 모두가 건강하지 못한 사고이기는 매한가지라고 본다.

옛날 어른들은 결혼생활을 '모난 두 돌이 만나서 시끌벅적 부대껴가며 둥글둥글해지는 과정'이라고 말한다. 생각이 같은 사람이나 비슷한 사람끼리 만나서 사는 집안은 발전이 없다는 이야기도 빼놓지 않으신다. 어쩌면 결혼생활은 물론이고 우리가 맺어가는 다양한 인간관계를 상처 입은 조개가 진주를 만드는 과정에 비유할 수 있지 않을까. 모래알(불순물)이 들어간 조개는 상처를 입고 염증을 일으킨다. 그 과정에서 조개 안에서 진주질이 나오고, 상처가 거듭될수록 더 영롱한 진주(조개류의 체내에서 만들어진 구슬 모양의 분비물 덩어리)로 자란다. 상처를 딛고 진주를 품은 조개처럼, 상처는 때론 그 사람을 사람답게 만든다. 조개의 상처가 진주를 만들듯이 견해가 서로 다름을 인정하고 품어주는 세상이라야 발전 가능성이 있다. 누가 뭐라고 할까 봐, 같은 의견을 가진 사람이 없을까 봐, 눈치 줄까 봐, 모자라거나 못난 사람으로 볼까 봐, 위축되어서 다른 사람과 부딪히는 것에 대한 두려움을 가져 의견을 피력하지 못하고 눈치만 보는 사람이 많다. 오늘 이후, 주저하는 마음을 버렸으면 좋겠다. 또한 우리의 귀도 다양한 의견을 들을 수 있게 열어 놓았으면 좋겠다.

어떤 이들은 정치적 발언, 사회 정책, 문화 행정 등에 대해 끊임없이 큰 목소리를 내는 사람을 보며 '개념 있다'고 이야기하기도 한다. 그러면 목소리를 적게 내거나 자기 소신을 피력하지 않는 사람은 무개념의 사람들일까? 큰 목소리와 작은 목소리는 '개념 있음'과 '개념 없음'의 차이라기보다는, 적극성과 소극성의 차이가 아닐까 싶다. 그저 누군가의 의견에 '찬성', '반대'나 하는 소극적인 태도(이런 태도가 앞에서 말한 묻어가는 태도이다)는 이제 그만 멈추어야 한다. 자신의 의견을 소신껏 말하는 태도를 길러보자. 찬성하더라도 어떤 이유 때문인지 명확히 밝히는, 분명한 생각을 덧입히는 작업을 추가해 보자.

속이 빈 강정처럼 공허한 울림이나 메아리가 아닌, 찰진 소리로 나를 표현하라. 생각이 다르고 색깔이 다른 서로의 목소리가 부딪히는 동안 때때로 시끄러운 소리도 나겠지만, 어느 순간 두 개의 톱니바퀴가 딱 맞춰지며, 한몸처럼 원만하게 돌아가는 모습을 목격할 수 있을 것이다.

용기 있는 고백으로 자유 찾기

: 누군가의 진실 토로에 함께 아파하는 사람

"역경은 희망에 의해서 극복된다."
• 메난드로스 •

　대한민국의 대표적인 '성(性) 전문가'라고 하면 많은 사람이 K를 떠올린다. 그녀는 2001년 '아름다운 우리 아이들의 성을 위하여'라는 뜻의 성상담센터 '아우성'을 열고, 활발한 강연 활동을 하며 성교육과 관련해 여러 권의 책을 쓴 바 있다.

　사회 운동가이자 대표적인 '성 전도사'로서 호방한 목소리로 당시, 성에 대해 좀처럼 공개하기를 꺼리던 대한민국에서 '성'을 수면 위로 끌어올리는 데 있어 결정적인 역할을 했다. 올바른 성과 공감할 만한 각종 성 문제에 대한 대처 방안까지 내놓는가 하면 귀에 쏙쏙 들어오도록 성교육을 쉽고 재미있고 유쾌하게 강의해서 인기를 끌었고, 무엇보다 성교육의 대중화에 크게 이바지했다. 사실 K가 성 전문가로서 대한민국의 독보적인 존재로 우뚝 설 수 있었던 이유는 자신의 실제 경험이 밑바탕되었기 때문이다.

당시에 K의 등장은 파격적이었다. 성폭행은 분명 여자의 잘못만이 아닌데도 정작 폭행을 당한 피해자인 여성은 늘 죄인 아닌 죄인이 되는 시대였다. 피해 당사자는 물론 부모 역시도 성폭행을 당한 사실을 고발하기보다는 가족의 치부로 받아들여 성폭행 사실을 감추기 위해 더욱 애를 쓰며, 가족만이 공유하는 사실로 끝내고 눈물을 머금은 채 쉬쉬하며 덮는 경우가 많았다. 성폭행 사실만으로도 이미 치명적인 상처를 받았음에도 불구하고 동물원의 동물 구경하듯 바라보는 사회의 따가운 시선을 피하고자 뜻하지 않게 이중, 삼중의 피해자가 되었다.

그런 시대에 그녀는 이웃 오빠에게 성폭행을 당했다. 그녀가 열 살이었던 1960년대에 일어난 일이었다. 그런데 그녀는 그 사실을 TV를 통해서 굉장히 무덤덤하게 고백했다. 인터넷이 없던 시절이어서 그녀의 사건 기사가 지금처럼 확산되는 사태까지는 없었지만, 지금처럼 성폭행 사건이 흔하던 시절도 아니어서 일단 언론에 소개되었다면 이슈가 되고, 아마도 오래도록 회자되지 않았을까 싶다.

그럼에도 불구하고 자신의 상처를 꺼내놓은 그녀를 보면 참 놀랍다. 우리가 생각하는 편견을 깨고 그녀는 굉장히 밝고, 성을 건강하게 이야기하고 성에 대해 자유롭게 사고한다. 한때, 성폭력 피해자였음에도 남자에 대한 적대감도 찾아보기 어렵고, 성을 아름다운 행위로 생각하는 태도나 자신에 대한 정체성을 바라보는 그녀의 시각은 정말 성폭행을 당한 적이 있는 사람이 맞나 싶을 정도이다. K가 성이 지금처럼 공개되고 문란하지 않던 그 옛날에, 여자로서 도저히 회복되기 어려운 상처를 툭툭 털고 건강하게 성장할 수 있었던 이유는 딸의 사건에 따뜻하고 지혜롭게 대처한 어머니 덕분이었다. 성폭행 사건이 있고 난 후에, 어머니는 사건과 관련해서 자신의 딸에게 잘못이 없음을 명확히 인지시켰고, 가해자인 옆집 오빠가 딸에게 무릎을 꿇고 사과하도록 만들었다. 성폭행이 그녀의 잘못이 아니었음을 분명히 표현해준 어머니의 현명한 대처 덕분에 그녀는 사건 이후에도 더욱 당당하고 밝게 살아갈 수 있었다고 한다.

요즘에는 이처럼 과거에 겪었던 아픈 상처나 기억을 떳떳하게 토로하는 사람이 하나둘씩 늘고 있다. 물론, 주목받고 싶어 하는 일부 사람의 표현 방식일 수도 있다. 그러나 그들이 결코 떠올리고 싶지 않은 자신의 치부를 공개하고, 고백하는 이유가 비단 주변 사람이나 대중의 관심을 끌기 위해서이겠는가? 그건 아닐 것이다. 자신의 아픈 기억 속으로 스스로 자꾸 파고들어 가다 보면 끝도 없는 파멸의 나락으로 빠져들게 되고, 정신적 고통에서 벗어나지 못하기에 자신을 구하는 활로를 찾기 위해 선택한 하나의 용기 있는 방법이었을 것이라고 본다.

K의 고백 역시 여자로서 감추고 싶지만, 오히려 세상에 떳떳하게 드러냄으로써 자존감을 회복하는 길이 아니었을까. 만약 자신과 화해하고 스스로를 용서하지 못하면 악몽 속에서 평생을 정죄하며 살아가게 될 수도 있다. 더 이상 과거의 나쁜 기억에 얽매이지 않고, 그것이 트라

우마(정신적 외상)가 되어 인생에서 계속 장애로 작용하게 하지 않으려면 세상이나 가까운 누군가에게 그 사실을 툭 터놓고 고백하며 당당해져야 한다. 그래야 그 사건에서, 나아가 삶에서 자유로워질 수 있다.

그녀의 자유로운 모습은 비슷한 경험을 한 피해자에게는 한 가닥 희망이 되었고, 삶의 끈을 놓지 않을 수 있는 하나의 계기가 될 수 있었다. 이처럼 편견에 맞서 용기 있는 고백을 함으로써 다른 사람에게도 희망의 메시지를 전한 사람을 한 명만 더 찾자면, 인기 개그맨이자 MC인 L을 들 수 있다.

그는 자신의 어머니가 무속인이라는 이야기를 한 방송 프로그램에 출연해 털어놓았다. 분명 많은 고민 끝에 토해낸, 쉽지 않은 고백이었을 것이다. 요즘이야 무속인을 인생 상담가 정도로 여기기도 하는 세상인데 뭐 그리 대수냐고 묻는 사람이 있을지도 모르겠다. 하지만 아직도 무속인에 대한 편견은 높고 사회적 평가는 좋지 않은 편이다. 1970, 80년대부터 지금까지 간간이 방송사 분장실에서 오가던 뒷얘기는 '누구누구가 무속인의 자제라더라. 누구누구가 실제로 신기가 있다더라. 남몰래 신내림을 받았다더라' 하는 내용이었다. 도대체 무엇이 문제인가. 앞일이 답답하고 궁금하다고 제 발로 무속인을 찾아갈 때는 언제고, 막상 볼일 다 봤으니 상관없다는 식으로 뒤돌아서서 흉을 보는 그들의 태도를 어떻게 해석해야 할까.

내가 아는 한 무속인은 20대의 단아한 처자다. 무속인이라는 사실이 의심스러울 정도로 겉으로 봐서는 순하고 차분하고, 게다가 평범한 아가씨다. 언젠가 결혼에 대해 이야기를 나눈 적이 있는데, 서로 결혼에 별로 연연하지 않는 타입임을 확인하며 공감대를 느낀 적이 있다. 그런데 나와 그녀가 결혼에 별 관심을 보이지 않는 이유는 전혀 달랐다. 그녀는 신내림 받은 어린 시절부터 무속인에 대한 사회적 편견을 이미 뼛속까지 느껴 왔고, 그 편견과 맞대응하면서까지 굳이 결혼을 선택해서 가족이 힘든 상황에 빠지는 것을 원치 않는다는 뜻이었다. 또한, 그녀는 자기라도 무속인을 며느리나 한집안 사람으로 받아들이기란 쉽지 않을 것이라며, 무속인과의 결혼을 반대하는 사람들을 이해한다고까지 했다.

살면서 사회적 편견이나 이목 때문에 진실을 말할 수 없는 경우를 종종 만난다. 진실을 말하고 싶지만, 주위의 따가운 눈총을 이겨내기는 쉽지 않고, 그래서 겉으로는 아닌 척 속으로만 고민하면서 진실은 묻어둔 채 지내는 사람도 의외로 많다. 다시 L이야기로 돌아와서 그가 TV에 출연해서 무속인의 아들임을 고백했을 때 그의 마음은 무척 힘들었을 것이고 밤새 망설이며 많이 고민했을 것이다. 하지만 그의 용기 있는 결정 덕분에 남몰래 끙끙 앓아오던 같은 처지인 사람들 속이 뻥 뚫렸을 것이다.

우리는 누구나, 혼자서만 감내하기엔 너무 아픈 기억이나 과거를 적어도 한두 개쯤은 갖고 살아간다. 아프면 아플수록 손을 내밀어야 한다. 아픈데도 소리 한번 못 내고 혼자 꾹 참으면 그게 더 병이 되고 탈이 된다. 용기 있게 스스로 아픔을 토로하면 같은 아픔을 이미 겪었거나 겪고 있는 이의 공감과 응원 속에 서로 위로가 되고, 치유가 된다. 물론, 고백한다고 해서 모두가 당신을 환호하거나 응원하지는 않을 것이다. 괜한 짓을 했다고 후회하게 될지도 모른다. 하지만 사람의 이목이 두려워서 언제까지 죄인처럼 주눅이 든 채로 가슴앓이만 하면서 살아갈 것인가? 적어도 한두 명은 당신의 용기 있는 고백을 지지하고 위로해 주는 사람이 있을 것이다. 당신의 고백을 진정으로 받아들여 주는 단 한 사람, 그 한 사람이면 충분하다. 사람의 수가 중요한 것이 아니라, 진정성이 중요하기 때문이다. 내 곁의 누군가가 또는 알지 못하는 누군가가 아픔을 토로할 때 그것을 왜곡된 시선으로 바라보지 않고 함께 아파하는 성숙한 마음 자세를, 외로움이 넘쳐나는 이 시대를 함께 살아가는 모든 사람이 가졌으면 하는 바람이다.

제2의 인생이라는
뜻밖의 선물 '덤'
: 고난도 담대히 이겨내는 승리의 사람

> "우리는 받아서 삶을 꾸려나가고 주면서 인생을 가꾸어 나간다."
> • 윈스턴 처칠 •

　우리나라 사람은 정이 많은 편이라고 한다. '덤'이 주는 재미와 정을 느끼고 싶어서 곧잘 따뜻하고 인심이 후한 재래시장(주로 경기도 지역의 5일장에 가는 편이다)에 들러 양손 가득 장을 보기도 한다. 상인이 물건을 덤으로 얹어주는 이유는 각양각색이다. '색시가 예뻐서', '사람이 좋고 싹싹해서', 혹은 '아기 엄마가 억척스러워서', '단골이어서' 등….

　덤의 사전적 의미는 '제 값어치 외에 거저 조금 더 얹어 주는 일, 또는 그런 물건'을 의미한다. 다정다감한 한국의 '덤' 문화는 인생의 촉매제로서 삶을 꽤 살맛이 나게 한다. 아무런 기대 없이 시장에 들렀다가 덤으로 얻은 물건까지 양손 가득 두둑한 장바구니를 들고 집으로 돌아가는 길목에서 우리가 느끼는 것은 단지 장바구니의 무게감만이 아니다. 마음 가득 솟는 기쁨과 고마움, 재래시장 특유의 정겨움과 삶의 활력이다. 이렇듯 시장에서 정을 대신해서 챙겨 받은 '덤'처럼, 인생살이도, 바닥 저 끝 절망의 순간에 제2의 인생을 시간의 덤으로 선물 받기도 한다.

　중견배우 L은 굉장히 오랜 세월, 안방극장과 스크린을 오가며 여심을 사로잡은 대스타였다. 대중의 환호와 인기를 한몸에 받으며 수십 년 동안 탄탄대로를 걸어왔다. 그러나 승승장구하던 그에게 인생의 시련은 아주 갑작스럽게, 거세게 찾아왔다. L에게 찾아든 인생 최고의 불청객은 병마였다. 무려 40여 년간 안방극장을 굳건히 지킨 베테랑 배우였던 L은 어느 날 갑작스럽게 갑상선암 선고를 받았다. 그러나 그것은 서막에 불과했다. 이후 또다시 그의 삶에 불쑥 찾아온 뇌경색은 배우로서의 삶뿐만 아니라 평범한 한 사람으로서의 삶까지 위기로 몰고 갔다. 연달아 중병을 선고받은 L의 당시 건강 상태는 현대 의학으로는 불가능하다고 판단될 정도로 심각했었다. 그 절망의 상황에서 L은 새로운 희망의 빛을 찾아내기 시작했다. 그는 젊은 시절에 바쁘다는 이유로 등한시했던 신앙에 다시 마음을 두고 신학공부에 심취하게 되었다. 누가 봐도 재기하기 힘든 절망의 상황이었지만, 그의 신념은 신학을 향한 열정에 오롯이 몰입되었고, 수년 동안 그 열정을 지키고 가꿔온 결과, 목회자의 길로 새로운 삶을 개척하게 되었다. 말 그대로 '덤'으로 삶을 부여받고, 제2의 인생을 살게 된 것이다. 오직 신앙의 열정으로 벼랑 끝에서 삶을 끌어올린 L은 지금 개척교회 목사로서 세상 방방

곡곡에 희망 메시지를 전파하며 행복한 삶을 살아가고 있다. 그를 위태롭게 했던 병마들을 깨끗이 물리치고 아주 건강한 모습으로 말이다.

가수 B 역시 제2의 인생을 '덤'으로 선물 받아 예술가로서 더욱 원숙한 삶을 살아가고 있다. 그도 수십 년을 대중과 호흡하며 희로애락을 함께했던 예술가였기에 건강에 적신호가 왔을 때 모든 게 절망적이었다. 뇌출혈을 선고받고 투병을 시작했을 때 목소리도 나오지 않고, 입술조차 움직일 수 없어 가족이나 지인과 눈빛으로 의사소통을 해야 할 정도였다. 투병 초기에는 다시 무대에 설 수 없을 것으로 생각했었기에 그를 사랑했던 모든 사람은 한없이 슬퍼하며 위로에만 급급했다. 하지만 결코 희망의 끈을 놓지 않았던 B에게 기적 같은 일이 일어났다. 병이 호전되었던 것이다. 아직 완벽하게 예전 같은 목소리를 되찾지는 못했지만, 그는 일어섰고, 다시 무대에 올라 팬에게 감동의 드라마를 선사하며 박수갈채를 받았다.

L과 B를 취재하며 '덤'으로 사는 그들의 인생에서 깊은 감동을 받았다. 특히 B를 취재했을 당시 그는 거동조차 어려웠는데 2년 뒤에 다시 내 얼굴을 보겠노라고 약속했었다(적어도 그때까지 살아있겠다는 다짐이었다). 나는 내심 어렵지 않을까 생각했었다. 하지만 예상과는 달리 투병을 시작하고 꼭 2년째 되던 해에 우리는 다시 마주앉았다. 건강을 어느 정도 회복하고, 다시 무대에 설 날을 계획하는 그를 인터뷰하기 위해서였다. 정말 감격스럽고 보람 있는 순간이었다. 포기하지 않고, 희망의 끈을 꽉 붙잡았던 B…, 그리고 L에게 찾아온 '덤'의 선물. 나에게

도 어느 날 '덤'으로 인생이 주어진다면 나는 어떤 모습으로 제2의 인생을 살아가게 될까? 아마 이 땅에 빚진 자의 심정으로 더 나누고, 더 사랑하며, 하루하루를 벅차게, 감격하며 살지 않을까. '덤'으로 생명을 연장하고, 건강을 회복한 사람은 평생 그 기억을 잊을 수 없으리라. 그 날은 그에게 제2의 인생을 시작한 제2의 생일이니까.

　우리는 살아가면서 때에 따라 가지각색의 어려움을 만난다. 고난은 때로 소나기같이 잠시 왔다가 사라지기도 하고, 정신 쏙 빼놓는 열대의 폭우, '스콜(squall, 갑자기 불기 시작하여 몇 분 동안 계속되다가 다시 갑자기 멈추는 바람)성 비'처럼 와서는 삶을 만신창이로 몰아가기도 한다. 그럴 때 세상에서 유독 나만 삶이 어렵고 험난하고 궁지에 몰려있다는 생각을 하기 십상이다. 하지만 멀리 갈 필요 없이, 주위를 둘러보자. 분명 당신보다 더 어려움에 부닥친 사람도 적지 않을 것이다. 또한, 그런 고난을 슬기롭게 극복한 승리의 사람도 만날 것이다. '왜 나만 어려운 처지에 놓이는가!'라고 한탄하기보다 '누구에게나 어려움은 있는 법이야. 난 반드시 해내고 말 거다. 이겨낼 거다'라는 의지를 머릿속에 새긴다면 절망 속에서도 희망은 반드시 온다. 삶 속에서 뜻밖에 얻는 '덤'이라는 선물은 사람을 가리지 않는다. 아주 특별하면서도, 누구에게나 찾아올 수 있는, 하늘이 주신 공평한 선물이기 때문이다.

편견의 감옥에서 탈출하기

: 언제나 진실을 추구하는 탄력적인 사람

> "편견은 분별없는 견해다."
>
> · 볼테르 ·

    단지 두 글자로 표현될 뿐인데, '편견'이라는 벽은 견고한 성 같아서 허물기가 참 쉽지 않다. 공정하지 못하고 한쪽으로 치우친 생각을 뜻하는 '편견'이란 단어는 사물을 바로 보지 못하게 만드는 왜곡된 안경이다. 본인이 규정한 한 가지 생각의 틀로 상대를 평가하는 과정에서 때로는 다시 씻기 어려운 불명예스럽고 욕된 판정이나 평판인 '낙인'을 찍는 의식을 자행하곤 한다. 편견은 '가지다, 버리다, 빠지다, 사로잡히다, 심하다' 등 소유나 몰입 정도를 뜻하는 동사와 함께 사용되며, '편견'이 있으면 남의 말을 잘 듣지 않게 된다. 확 트인 넓은 시각은 둘째 치고, 애초에 다른 사람의 생각이나 눈으로 사물을 들여다볼 여지가 전혀 없음을 뜻한다.

다른 나라에 비해 인터넷 환경이 많이 발달해서 사용자가 많고 사용 횟수가 빈번한 우리나라의 경우, 네티즌은 익명성이라는 틀 속에서 자신의 생각과 주장을 여과 없이 표현하곤 한다. 인기 포털 사이트의 핵심 뉴스나 이슈에는 늘 수백, 수천 개의 댓글이 경쟁적으로 달린다. 댓글을 통해서 뉴스를 해석한 네티즌의 시각을 분석하면, 다양한 목소리로 의견을 제시하기보다는 한쪽으로 몰아가는 편이어서 종종 안타까울 때가 있다. 한쪽으로 치우친 분위기 몰이에 언론도 한몫하고 있으니 언론인으로서 나 자신 또한 돌아보게 되고, 사회 차원에서도 정화가 필요한 대목이기도 하다.

어떤 사례가 언론에서 이슈가 되면, 그 이후에 타 매체도 경쟁적으로 같은 내용을 취재해대고 새로운 팩트(fact, 사실)를 추가해서 보도하기에 여념이 없다. 진실규명은 나중 문제이고 언론이 몰고 가는 쪽이 마치 진실인 것처럼 비치는 게 일반적인 취재현장의 분위기이다. 찬반 양론이 팽팽히 맞서는 이슈는 양측 주장이 함께 보도되어야 하는데, 힘 있는 쪽, 목소리가 큰 쪽, 언론을 좀 더 수월하게 접촉하는 쪽의 이야기를 중심으로, 그 입장에서 주장하는 내용에 가깝게 기사가 노출된다는 사실도 부정 못할 현실이다.

또한 저마다 각자의 이유와 차마 드러내지 못하는 속사정이 있기 마련인데도 우리는 공식적으로 잘잘못을 따지기 어려운 타인의 사생활에 큰 관심을 둔다. 추측과 추론으로 답을 찾고, 심지어 거기서 얻은 결론을 토대로 소문을 만들어내기도 한다. 이 얼마나 위험한 일인가!

내가 그 당사자, 장본인이 되었다고 가정해보자. 아마 나는 지금 인생이 송두리째 흔들릴 위기에 놓여 있을 것이다. 인생길의 생과 사라는 갈림길에서 두려움에 떨 것이다. 무분별하고 극단적인 편견 놀이의 희생양이 되어 내가 그동안 평생 노력해서 얻은 모든 것을 한순간에 잃어버릴 수도 있기 때문이다. 나의 지인 A는 언론의 치우친 보도와 대중의 편견 때문에 10년 가까운 시간을 소리 없이 세상과 전쟁을 치러야 했다. 개인적인 일인데도 공인이라는 이유로 사생활을 공개당해야 했고, 어느 순간 보도는 한쪽(그에게 불리한 측)으로 치우치기 시작했다. 언론 대응에 서툴렀던 A는 결국 '나쁜 사람'이라는 낙인이 찍혀 사회 활동 자체가 불가능한 상황에 이르렀다. 이후 그는 10여 년의 세월을 세상의 편견에 맞서 사투를 벌였고 다행히 지난해부터 차츰차츰 자기 일과 함께 자아를 찾아가고 있다.

"진짜 나쁜 사람, 파렴치한 사람, 극악무도한 사람인데도 가진 게 많고 힘이 세니까 언론도 보도를 꺼리고, 그 사람의 이면을 알지 못하면서도 좋은 사람으로 인식하는 예도 있더라…."

"세상이 나를 나쁜 사람으로 몰아가니까 누구도 나에 대해 제대로 알려고 들지 않아. 나에게 어떤 전후 사정이 있었는지 제대로 보도해주려는 언론은 한 군데도 없었어."

당시 이야기를 넋두리처럼 하던 A의 말이다. 답답한 마음에 힘 있는 방송사의 저력 있는 프로그램에 출연해 몇 시간 동안 길게 인터뷰하며 속내를 털어놓기도 했지만, 결국 방송된 내용은 자신이 한 이야기의 핵심은 다 쏙 빼놓고, 시청률을 위한 자극적인 몇 마디였을 뿐이라며 억울해했다. '언론과 방송은 결국 그들이 원하는 대로 제작진의 의도에 맞춰 편집된다'는 것이 언론의 몰매 덕에 갖은 풍파를 겪고 난 후 A가 내린 결론이었다. "나쁜 사람은 그냥 나쁜 사람인 걸로 끝나야지, 알고 보니 좋은 사람이라고 하면 그간 자신이 주장했던 보도를 뒤집는 꼴이 되어버리니까 결국 진실 보도를 외면하는 것 아니겠느냐?"라고 한탄하며, 편견에 사로잡히면 좀처럼 틀을 깨지 못하는 우리 사회 구성원의 속성에 대해 뼈아픈 심정을 전했다.

'알고 보니 다른 사람', '알고 보니 좋은 내용', '다시 보니 쓸 만한 것…' 내가 그동안 알던 지식이나 지혜나 정보가 '알고 보니' 잘못된 것일 수도 있다는 얘기다. 그렇다면 잘못된 가치관이나 내용을 뒤집는 태도, 잘못된 정보를 수정하고 잘못이나 실수를 인정하고 받아들이는 태도야말로 정말 발전적이고 성숙한 자세가 아닐까. 자존심과 알력 따위가 걸린 문제가 아니다. 내가 과연 진실의 편에 서 있느냐가 중요하다. 세상은 변하고 발전하는데, 기존에 알던 사실이나 진실이 뒤집혀지는 게 왜 잘못일까? 게다가 바로잡기 위한 것이라면 더더욱, 알고 있던 상황이 바뀌어 진실이 드러나면 이미 내렸던 결론도 수정해야 하고, 생각이나 가치관 또한 얼마든지 바꿀 수 있어야 한다. 아집과 독선에 파묻히지 말고, 세상을 바라보는 태도가 늘 탄력적이고 융통성 있는 사람이 되어야 한다고 생각한다. 그런 사람이 모여야 열린 사회가 될 수 있지 않을까…. 열린 사회, 선입견 없는 사회, 그것이 우리가 꿈꾸는 세상이기에 타인을 보는 우리의 시선이나 마음가짐을 한 번쯤 돌아봤으면 싶다.

남 탓으로 돌리며,
비겁하게 나이 먹지 않기

: 오랜 경력을 연륜으로 내세우지 않는 사람

"노마지지(老馬之知)"
: 늙은 말의 지혜. 연륜이 깊으면 나름의 장점과 특기가 있다.
•〈세림(說林)〉상편(上篇)•

    살면서 '그건 무엇 때문이다'라는 식으로 어떤 일의 결과에 대해 이유를 덧붙여 이야기할 때가 흔히 있다. 일의 결과는 이유가 만들어낸 산물이어야 하지만, 안 좋은 결과에 대해서는 그 이유를 대체로 상황 탓, 환경 탓, 팔자 탓, 남 탓으로 한정 짓는 사람이 많다. 불리한 상황에서는 '내 탓'임을 인정하는 용기 있는 사람은 그리 많지 않은 것 같다.

    나이를 먹는다는 건, 단지 생일 케이크에 꽂는 초의 개수나 얼굴 주름살이 늘어가고, 체력이 급격하게 떨어지는 것만을 뜻하는 게 아니다. 연륜도 쌓여가고 인격도 성숙해져야 한다. 나이에 걸맞은 책임도 따라야 함은 물론이다. '나이를 먹으면 지갑은 열고, 입은 닫으라'는 농담 아닌 농담을 더러 하고는 한다. 그만큼 나누는 마음은 더 커지고 잔소리나 충고는 덜하며 사람을 품는 넉넉한 인품이 되라는 뜻일 게다. 남들은 어떻게 살아가는지, 다른 사람의 언어 습관이나 행실이 어떤지를 들여다보면 내 모습도 객관적으로 성찰할 수 있는 지각능력이 생길 것이다. 여기에 소개하는 나잇값을 못하는 한 남자의 사례를 통해 나는 이 순간에, 아름답게 나이 먹어가고 있는지 돌아보았으면 한다.

소위 방송한다는 사람은 언제 보더라도 분주하다. 특히 뉴스를 만드는 사람은 더하다. 발에 땀이 나도록 뛰어다녀야 방송이 가능한 아이템을 하나라도 더 건지고, 갓 들어온 따끈한 소식을 빠른 시간 안에 잘 버무려서 보도해야 하는 상황도 비일비재하기 때문이다. 시청자가 보기엔 어제나 오늘이나 그 소식이 다 그 소식 같아도, 매일 뉴스를 만드는 사람에겐 다른 이야기이다. 한 가지라도 더 새로운 소식을 취재하기 위해 현장을 밤낮으로 뛰어다니고도 모자라, 모아온 소식을 부랴부랴 편집하고 송신하기에도 기자의 하루 24시간은 늘 빠듯하다.

그날 오후도 정신없이 이리 뛰고 저리 뛰기는 매한가지였다. 일찍 취재를 마치고 마감에 맞춰 기사를 넘긴 여기자 A가 방송 중인 자신의 뉴스를 지켜보며 모니터링 중이었다. 그 순간, 화면에 몇 초간 검은 화면이 떴다. 아…, 방송 사고였다. 문제의 원인은 둘 중 하나였다. 뉴스편집자 아니면 부조실의 기술적인 실수였다. A는 놀라서 지켜보았는데, 진행자가 잘 수습한 덕분에 별 탈 없이 넘어가는 듯했다. 그런데 문제는 그 다음이었다.

뉴스를 마친 후에 제작진 중 총 책임자와 조연출만 보이지 않았다. 한참 후, 여자 조연출 뒤를 졸졸 따라다니며 무언가 끊임없이 나직하게 이야기하는 책임자 모습이 눈에 띄었다. 조연출은 묵묵히 방송테이프와 원고 등을 챙기며 방송 뒷마무리 중이었다. 그런데 가만 보니 상황을 잘 참아내 보려고 감정을 억누르느라 상기된 얼굴이었다. 몇 분이 지났을까…. 결국, 그녀의 사과를 받아낸 후에야 책임자는 유유히 사라졌다.

　진실 게임을 하자면, 전후 상황은 이랬다. 편집자의 책임도 조연출의 책임도 아닌, 부조실에서 다음 컷으로 화면을 넘기는 과정에서 생긴 방송 사고가 분명했다. 그런데 총 책임자의 실수임이 드러나면 그가 시말서를 써야 하는 상황이었다. 나이 40줄의 책임자는 아무 힘없는 계약직 조연출의 잘못으로 책임을 떠넘겨 이 위기를 모면해 보려 했다는 게 이 사건의 경위이다. 그 상황을 지켜보던 제3의 그녀, A기자는 나잇값도 못하고, 책임감도 없고, 비겁하고 뻔뻔하고 파렴치한 책임자를 보면서 한없이 부끄러웠다고 전했다.

　한 가지 일화가 더 있다. PD, 기자, 여타 방송인을 막론하고 방송 현장에서 일하는 사람은 누구든 자신의 모든 일정을 방송스케줄에 맞춘다. 사적인 약속 잡기는 고사하고, 방송에 맞추느라 식사나 취침 등 기본적인 생활조차도 불규칙할 때가 많다. 그래서 현장을 뛰는 사람들은 회식자리를 부담스러워하는 한편, 오랜만에 몸보신(?) 한다는 생각에 은근히 회식시간을 기다리기도 한다. 그런데 회식시간을 무척 기다렸던 한 지인은 너무 인색한 선배 때문에 마음이 상했다며 울상을 짓고 돌아왔다. 모처럼 한 선배가 후배들에게 저녁을 산다는 소식에 잔뜩 기대를 하고 회식에 참석했는데 고기를 사겠다던 그 선배는 한참이나 메뉴판을 붙잡고 나서 이렇게 주문을 하더란다.

"여기, 고기 2인분에 공깃밥은 인원수대로 주세요!"

회식 장소에는 열 명이 조금 안 되는 인원이 참석했다고 한다. 검소하고 절약하는 것도 좋지만 그 자리에 들뜬 마음으로 모였던 사람들은 얼마나 허탈했을까? 지인의 선배가 차라리 처음부터 소박한 음식을 먹자고 했더라면 좋았으련만. 괜히 허세만 부리다가 나잇값 못하는 선배로 각인되어 버린 셈이다.

그 얘기를 듣고 난 뒤 과연 나는 후배들에게 어떤 선배일까 생각해 보았다. 나 역시 좋은 선배, 훌륭한 선배라고 말하기는 어렵다. 선배에게 90도로 깍듯하게 인사하지만 얼굴은 무표정한 후배들을 자주 마주치기 때문이다. 과연 그들의 마음속에 진정 선배로 인정하고 존경하는 이는 몇이나 될까, 또 후배에게 본보기가 될 만한 선배는 몇이나 될까…. 한 분야에 먼저 발을 내딛고 쌓은 경력만큼 일 좀 잘한다고 해서 진정한 연륜의 소유자라고 할 수 있을까? 후배들에게 존경한다는 말 좀 듣는다고 진심으로 그렇게 믿어도 될까? 많은 나이와 경력이 연륜은 아니다. 모나지 않은 둥글둥글하고 넉넉한 인격과 융통성 있고 모두를 포용하는 너그러운 성정, 그것이 나이 들수록 더욱 갖춰야 할 연륜이다.

놓아두어라,
당신이 자유롭기 위해

: 불행의 올가미로 '집착'하지 않는 사람

"무소유(無所有)란 아무것도 갖지 않는 것이 아니라, 불필요한 것을 갖지 않는다는 뜻이다.
무소유의 진정한 의미를 이해할 때 우리는 더욱 홀가분한 삶을 이룰 수가 있다."
• 법정스님의 '무소유'에 대한 해석 •

　사람은 누구나 어떤 사람을 좋아하게 되면 자꾸 보고 싶어 하고, 그 사람 곁에 머물고 싶어 한다. 또한, 좋아하는 사람에 대해 알고 싶은 게 많아진다. 일거수일투족, 매순간 그는 어떤 생각을 하고 누구를 만나고 어떤 이야기를 하는지 궁금한 것투성이다. 알아도 알아도 갈증이 나고, 보고 있어도 보고 싶어진다.

　좋은 마음이 깊어지면 느긋할 수 없다. 자꾸 조바심이 난다. 문자를 보내면 답장이 왔나 안 왔나 휴대폰을 자주 들여다보게 되고 혹여 답장이 즉각 오지 않으면 '혹시 문자를 못 봤나?'라는 생각에 다시 보내기도 한다. 그래도 답이 오지 않으면 마음속이 부글부글 끓기 시작한다. '뭐야 대체, 무엇을 하기에 내 문자에 답을 안 해?' 그러곤 한참 있다가 온 답장에 퉁명스럽게 답을 보내거나, 불쑥 화를 내버리는 경우도 비일비재하다. 좋아하는 사람한테 그런 반응을 해서 서로 다투고 며칠씩 냉각기를 두게 되면, '내가 그때 왜 그랬을까…' 후회하기도 한다. 물론, 자신이 왜 그랬는지는 본인이 더 잘 안다. '좋아하기 때문'이다.

그런데 우리는 상대가 좋으면 좋을수록 느긋해질 필요가 있다. 답장이 늦는다면 이유가 있을 거라며 이해하고 기다려주면, 상대는 나를 더 아끼고, 내가 그를 좋아하는 크기보다 더 많이 나를 좋아해 줄 것이다. 상대의 소식이 궁금해 재촉하다 보면, 어느덧 마음의 경계선은 무너지고 나도 모르게 집착을 향해 나아가게 된다. 집착은 늘 태양을 향해 시선을 고정한 해바라기처럼 한 곳에만 몰두하기 때문에 바라보는 자나 당하는 자 양쪽 모두를 불행으로 끌고 가는 올가미이다.

집착에는 사람에 매이는 '사람 집착'뿐 아니라 일에 붙들리는 '일 집착'도 있다. 일할 때, 타인을 배려하지 못하고, 타인에게 기회를 주지 못하고 무조건 내가 해야 한다는 '나 제일주의'에서 비롯되는 집착이다. 일 집착은 상대를 어렵고 피곤하게 만들기도 하지만, 집착을 버리지 못하는 사람 자신을 가장 괴롭히는 파괴적인 힘이 있다. 집착이란 일종의 중독이기에, 본인이 매달린 대상이 무엇이든 간에 그 대상을 놓기란 쉽지 않다. 타인의 눈에는 그저 일 욕심이 많은 사람 정도로 보일지 모르지만, 다른 각도에서 보면 이것은 일에 대한 집착으로 해석할 수 있다. 집착에서 비롯된 완벽주의 혹은 완벽주의에서 비롯된 집착은 어떤 일이든 내가 해야 마음이 놓이고, 내가 하는 방법만이 옳고 답이 된다는 착각을 일으킨다. 사람마다 일을 처리하는 각자의 방법이 있고, 남이 나보다 더 좋은 결과물을 낼 수 있다는 사실을 인정하지 않기에 남에게 절대로 기회를 주지 않는다. 국가대표 축구선수가 혼자 골을 몰고 가서 골인하면 절대 빛나 보이지 않는다. 결과가 아무리 좋아도 빈축을 살 뿐이다. 그 마음엔 여유가 조금도 없다. 설령 일을 제3자에게 넘긴다 해도 못 미더워서 사사건건 감 놔라 대추 놔라 간섭하고 끝을 볼 때까지 훈수를 두는 게 또 집착하는 이들의 특징이다. 융통성이 없으므로 새로운 것을 받아들이기가 어렵고, 고루해지기 십상이다. 무언가에 마음이 매인 '집착'은 새 비전을 찾아 나서기 어려운, 눈먼 마음의 상태이다.

　사람에게나 일에나, 집착은 나 자신을 황폐하게 한다. 집착하는 내 모습은 상대를 질리게 해 결국 관계의 단절로 이어질 수도 있다. 설령 처음에 좋은 감정으로 사랑을 시작했더라도 밀고 당기기 과정에서 사랑이 아닌, '집착'을 한다면 어느 순간 상대는 나에게서 멀어질 것이다. 일 또한 마찬가지다. 몰입의 경지를 넘어 집착한다면 나는 실력자가 아니라, 고집불통의 융통성 없는 사람으로 통하기 딱 좋다. 주위 사람을 나에게서 멀어지게 만들고 싶다면 사람이든 일이든 오직 내 소유로 만들기 위해 집착해보라. '나만 바라봐. 나만 할 수 있어. 내가 할게. 그건 내 거야 내 거!' 아직 이런 과정에 있다면, 이제는 집착이라는 불행의 올가미에서 벗어나야 할 때임을 깨달았으면 한다.

강요하지 말고
물 흐르듯 순리대로
: 내가 싫은 걸 남에게도 요구하지 않는 사람

"자기불희환적, 불요강가급별인(自己不喜欢的, 不要强加给别人)"
: 자기가 좋아하지 않는 것은 다른 사람에게 강요하지 마라.
• 공자 •

'강요'라는 단어는 어감 자체가 강요받는 사람이나 강요하는 사람 모두에게 썩 달갑지 않다. 대부분 사람은 인지하지 못하지만, 내가 느끼기에는 '강요'라는 단어 자체에 묘한 최면의 기술이 숨어있는 것 같다. 보통 강요당하는 사람은 그 사실을 뼈저리게 느낀다. 하지만 막상 자신이 강요하는 자리에 서게 되면 누군가에게 강요한다는 사실을 잘 느끼지 못하는 경우가 적지 않다. 평소 우리가 잘 느끼지 못하는 강요가 갖는 양면적인 이기심이다. 본인이 강요받는 사람이 되면 무시당하는 것 같아 불쾌하고 지배받는 것 같아 찜찜하면서도 왜 우리는 그 기억을 잊고 부지불식간에 남에게 강요하게 되는 걸까.

학생들이 가장 듣기 싫어하면서도 가장 자주 듣는 말이 무엇일까?

어쩌면 평생에 들어야 할 잔소리를 10대에 다 듣고 자라는 건 아닐까 싶을 정도로 자주 듣는 말이, 바로 '공부해!'일 것이다. 애초에 진로를 대학 진학으로 결정해서 공부에 필요성을 느끼는 그룹이나, 기술을 익혀 평생 먹고 살기로 작정한 그룹이나 할 것 없이 적어도 그 시기만큼은 모두가 '공부'에 대한 강박관념에 사로잡혀 있다. 책 몇 자라도 안 들여다보고 친구를 만나거나 영화라도 보려 하면 괜한 죄책감이 들 정도로 공부 증후군은 일상처럼 학생의 발목을 사로잡고 있다. 자신도 과거에 같은 경험을 치르며 그 상황에 치를 떨었으면서도 막상 부모가 되고 나면 언제 그랬나 싶게 자신이 그토록 싫어하던 공부를 자녀에게 강요하는 모습을 보면서 삶의 아이러니를 느낀다.

얼마 전 카페에서 선배와 선배의 딸을 만나 시원한 차를 마시며 두런두런 이야기를 나누게 되었다. 심심했는지 딸은 카페에 놓인 잡지를 한 권 집어 들고 페이지 여기저기를 펼쳐 보며 흥미롭게 읽기 시작했다. 선배는 곧 딸에게 "어휴, 피서 가서도 책 한 자 안 들여다보고 놀기만 했는데, 공부만 해도 모자랄 판에 웬 잡지?"하며 몇 마디 훈계했다. 시험을 앞둔 딸이 걱정스러워 던진 말이겠지만, 겸연쩍었는지 그녀의 딸은 입을 샐쭉거렸다.

그런 선배의 모습을 보면서 과거에 나의 세대가 대학 입시를 앞두고 백일반지가 어떠네, 백일주가 어떠네 하던 시절이 떠올랐다. 지금 선배의 딸이 잔소리를 듣는 것처럼 그때 내 마음도 너무 불편했던 것 같다. 사회 분위기에 떠밀려 입시를 봐야 하고 책도 들여다봐야 하고….

대학이 인생의 전부는 아니라고 말하면서도, 다들 대학이 전부인 양학생을 몰아간다. 살면 살아갈수록 세상엔 따져보면 말뿐인 게 참 많다는 생각이 든다. 물론, 나도 늘 후배들에게 반복적으로 하는 말이 있기는 하다. 공부 안 한 사람보다는 좀 많이 한 사람이, 자격증이 없는 사람보다는 있는 사람이 직업 선택의 폭은 더 넓다고. 하지만 마음이 강요라는 지점에서 만나게 되면, 강요받는 사람은 반대쪽으로 튕겨져나가기 쉽다. 따라서 교훈적인 이유든, 상대를 자신의 기준에 맞추기 위해서든 '강요'라는 이름으로 상대에게 조급하게 마음을 드러내는 행동은 금물이다.

자기가 좋아하지 않는 것이라면 더더욱 남에게 강제로 권하지 말아야 한다. 또 자신이 아무리 좋아하더라도 상대가 원하지 않으면 그 또한 강요하지 말아야 한다. 사람의 취향이나 기호, 식성 등은 모두 제각각이 아니던가. 물론, 사람의 취향에 따라 나는 좋아하지 않는 것이라 해도 상대는 좋아할 수 있고, 반대로 상대가 꺼리는 것이 내가 원하는 것일 수 있는 경우를 제외하고 말이다.

우리가 흔히 만나는 '강요'의 현장은 아마도 물건에 대한 판매나 권유의 모양새가 아닐까 싶다. 소비를 부추기는 광고가 판을 치고, 필요하든 필요하지 않든 예쁘고 세련되고 화려하면서도 꼭 사고 싶은 마음이 들게끔 디자인된 많은 물건이 세계 곳곳에서 매일 쏟아져 나오고 있다. 거리에는 그런 물건을 판매하기 위한 매장이 넘쳐나고, 우리들은 그 앞을 그냥 지나치기가 쉽지 않다.

물건을 사거나 더위나 추위를 피할 목적으로, 혹은 누군가와 만날 약속장소로서 필요 때문에 찾을 때도 있지만, 시간을 보내기에도 매장만한 곳이 없다. 딱히 살 물건이 없어도 백화점은 물론 대형 할인 마트를 둘러보는 재미는 쏠쏠하다. 아기자기한 소품을 파는 매장이라면 시간 보내기에는 안성맞춤이다. 그런데 딱히 살 물건은 없어 그냥 눈동냥만 하러 들어가기에는 부담스러울 때가 있다. 그나마 매장에 다른 손님이라도 있으면 다행인데, 아무도 없는 상황에서 혼자 들어가려면 그만한 용기(?)나 배짱이 있어야 한다.

　들어서자마자 직원이 다가올 때는 더 난감하다. 굳이 설명이나 특별한 도움이 필요한 때가 아니라면, 그저 손님이 움직이는 대로 그냥 멀찍이서 지켜만 봐주면 감사하겠는데 어느새 손님 곁에 바싹 따라붙는 직원이 비일비재하다. 물론, 정말 친절한 마음에서 손님을 돕기 위해 신경을 써주는, 고마운 배려일 수도 있다. 하지만 솔직히 그보다는 판매를 위한 따라붙기일 때가 훨씬 더 많다. 그래서 구매 계획이 없거나 그다지 마음에 들지 않는데도 '억지로' 물건을 사 들고 나온 경험이 한두 번은 있을 것이다. 그렇게 되면, 쇼핑은 그 순간부터 더는 즐거움이 아니고 압박이 된다.

　사람의 기질에 따라서는 매장에 일단 방문한 이상 아무리 사소한 물건이라도 꼭 사 들고 나와야 마음이 편하다는 사람이 있다. 거의 끌려 들어가다시피 매장 안으로 따라 들어가서는 미안한 마음에 뭐라도 사야 하고 필요한 물건이 아니어서 결국 후회한다고 하면서도 늘 그렇게 하는 사람도 있다. 그런 사람이라면 강요는 제 짝을 만난 셈이라 그 효과는 급물살을 타게 된다. 직원이 아무 말 없이 그림자처럼 뒤를 밟으며 따라붙는 것만으로도 충분히 강요의 힘은 발휘된다. 매장에서의 강매 말고도 일상에서 만나게 되는 각종 강요의 상황을 볼 때면 늘 이런 생각이 든다. 그냥 상대를 존중해 준다는 의미에서 자유롭게 발길 닿는 대로 마음 가는 대로 갈 수 있게 내버려두면 좋으련만….

　마음이 물결치는 대로 움직일 수 있도록 상대를 따라 주어라. 그편이 생각 밖으로 효과를 크게 낼 수 있다. 사람은 자유로운 선택에 따른 몰입에 즐거움을 느끼는 한편, 자신을 존중해준 상대를 더 신뢰하게 된다. 존중하고 자유를 주어 서로 신뢰를 선물로 주고받는다면 얼마나 기쁜 일인가. 이런 두 사람이라면, 둘의 관계는 더욱 돈독해지지 않을까. 아무리 아등바등 갈망하고 조바심낸다 해도, 모든 일이 내가 바라는 대로 되거나 내 뜻대로 손안에 척척 들어오지는 않는다. 순리대로 상대의 의견을 존중하는 것, 그것이 가장 최선이고 목표지점에 좀 더 빠르게 갈 수 있는 지름길이라는 걸 한번쯤 깊이 생각해 보는 건 어떨는지.

꼭 챙겨야 할
시간과 마음의 안단테(Andante)
: 재촉하지 않는 여유로운 사람

> "전문 낚시꾼이나 백화점 경영자들이 그들의 낚시 대상에게 경쟁심을 불러일으키기 위하여
> 사용하는 방법 사이에는 놀랄 만한 유사성이 발견되고 있다. (중략)
> 미끼를 보고 몰려든 군중은 경쟁적 상황의 분위기에 휩싸여서 맹목적으로 눈에 보이는 것은
> 무엇이든 덥석덥석 입에 물게 된다. 그들은 이미 이성을 잃어버렸다."
> • 〈설득의 심리학〉 중에서 •

요즘 세상에 심사숙고하며 고민하는 건 어떤 면에서는 사치이다. 갈
망을 기다리지 못하는 대중은 생각하고 판단하기 전에 이미 행동해
버리는 것에 익숙해져 버렸고, 웬만한 일에서 인내심은 찾을 수 없다.
너무 급하게 혹은 일이나 공부에 치여 살다 보면 한 해를 훌쩍 넘기
는 건 순식간이다. 제대로 호흡을 가다듬고 생각을 정리할 시간이 필
요하다.

해가 가면 갈수록 우리는 참 많은 것에 쫓기며 살아간다. 첨단기기
덕분에 정보나 일 처리 능력은 빨라졌는데, 오히려 시간은 더 모자라
는 것 같다. 최첨단 정보사회가 가져온 모순된 부작용이다. 이전에는
하지 않아도 되었던 인터넷이나 스마트폰 등을 이용하는 데에 시간과

마음을 뺏기면서 이 땅에서 느리게 살아갈 기회나 핑계를 점점 잃어간다. 느리게 사는 것과 게으르게 사는 것은 다른 이야기이다. 일과 일상 그리고 여가를 분간하고 삶에 여유를 가지며 사는 게 느리게 사는 것이다. 이제부터라도 한 박자 늦춰서 가보자. 정도 주고받고, 사랑도 나눠보고, 아픔도 느끼고, 때로는 타인의 자리에도 서보는 사람다운 삶을 우리 인생에 좀 더 새겨보자.

나는 지친 몸을 달래기 위해 소파에 누울 때면 볼만한 TV 프로그램을 찾느라 리모컨으로 채널을 이리저리 돌리다가 진짜 볼만한 게 없다 싶으면 홈쇼핑에 아예 채널을 고정할 때가 종종 있다. 그때마다 느끼는 사실이지만, 홈쇼핑의 쇼호스트는 시청자가 상품을 사들이도록 유도하는 데 탁월한 설득의 능변가다.

"1분 후면 매진됩니다."

"독점 판매입니다. 서두르세요!"

"어디서도 만나볼 수 없는 착한 가격입니다."

낭랑한 목소리로 사람 마음을 살살 녹여가며 혼을 쏙 빼놓기에 어지간해서는 그들의 말재간에 물건을 사지 않기란 참 어려운 일이다. 나처럼 방송국에서 평생 자라다시피 한 방송쟁이도 '당장 사버려?' 하는 생각이 들 때가 수시로 있을 정도이니 말이다. 요즘이니까 인내력이라는 내공이 쌓여서 한눈으로 보고 한눈으로 흘리지, 불과 얼마 전까지만 해도 쇼호스트의 언변술에 넘어가 물건의 필요 여부는 생각지도 않고, 무작정 카드부터 '쓱' 긁었던 적이 어디 한두 번뿐이던가. 막상 주문한 물건이 도착하면 후회하며 반품한 일도 부지기수였고, 반품하기 어렵다 싶으면 집안 한편에 쌓아두느라 처치곤란을 겪기도 했다. 마음의 열을 식히고 생각할 여유를 찾아 냉정한 판단, 옳은 선택을 해야 살면서 후회가 덜할 텐데, 보기와는 다르게 나 또한 이런 식의 빈틈도 더러 있음을 인정한다.

왜 삶은 늘 쫓고 쫓기는 것이어야 하는 걸까? 오늘 지금 바로 이 순간이 지나면 더는 만날 수 없을 것 같은 구매기회와 가격대…. 쇼호스트의 말이 어느 때는 정말 사실일지도 모른다. 하지만 아이들을 대상으로 한 '마시멜로 실험'에서처럼 인내로 달콤함을 조금만 늦춰보자. 내 안의 만족감과 욕심을 조금 미루면 인생에서 더 좋은 보상이 기다리고 있음을 기억하자. 천천히 열을 세는 훈련을 통해 갖고 싶은 것도 화가 나는 일도 인내하며 늦추어 보는 연습을 해보자.

얼마 전, 나와 함께 일했던 A라는 방송인이, 정든 직장을 떠나 프리랜서 MC를 선언했다. 재치 있는 입담과 넘치는 끼를 자랑하던 그는 대중의 많은 사랑을 받으며 인기가 많았다. 그를 아끼는 팬 중에서 상당수는 그가 방송사에 남아서 오래오래 좋은 진행자로 있기를 바랐고, 다른 편에서는 틀에 매이지 않는 새롭고 자유로운 방송인의 모습을 보여주기를 바라며 양편에서 그를 응원했다.

A의 인기가 높아지고, 다양한 프로그램에 종횡무진 등장하면서 이 이상 정점이 있겠느냐는 생각이 들 무렵, 그를 안다는 사람은 하나같

이 그에게 프리랜서 의향이 있는지를 떠봤다. 얼마 지나지 않아 언제쯤 그가 사표를 쓸 것인가를 지인인 나에게까지 종종 물어오고는 했다. 언론에서조차 그의 프리랜서 선언 임박 기사를 앞다투어 실었다. A는 프리랜서로 전향하는 길이 옳은 선택인지, 선언 시기는 언제쯤이 좋은지, 판단이 잘 서지 않는 듯 나에게 물어왔다. 나는 인생 선배로서 A에게, 주변 분위기에 휩쓸리지 말고 충분히 시간을 갖고 심사숙고해서 후회 없는 선택을 할 것을 권유했다.

반년쯤 지나자 A가 사표를 냈다. 주변에서 "사표 썼니?"라고 물을 때마다 "너 왜 사표 안 쓰니?"라는 말로 느껴지기도 했다는 A의 말에 안쓰러운 마음이 들었다. 사람들은 남의 일에 책임질 것도 아니면서 "감 놔라. 대추 놔라" 시시콜콜 간섭하며 왜 그리 속전속결을 원하는 것인지…. 내 인생이나 남의 인생을 바라볼 때, 조급증을 갖지 말자. 매사에 후회 없는 결정을 하려면 '여유'라는 과정을 꼭 거쳐야 한다.

비울 건 비우는 마음의 분리수거

: 가난한 마음으로 살아가는 사람

혼자 쓰는 방안에서의 / 극히 단순한 '살림살이' 조차도
바쁜 것을 핑계로 돌보지 않고 / 소홀히 하면 이내 지저분하게 되곤 한다.
그러나 눈에 보이는 나의 방을 / 치우고 정리하는 일 못지않게
눈에 보이지 않는 내 마음의 방을 / 깨끗이 하는 일도 매우 중요하다.
내 안에 가득찬 미움과 불평과 오만의 먼지, / 분노와 이기심과 질투의 쓰레기들을 쓸어내고
그 자리에 사랑과 기쁨과 겸손, / 양보와 인내와 관용을 심어야겠다.
내 방 벽 위에 새로운 마음으로 새 달력을 걸듯이
내 마음의 벽 위에도 '기쁨'이란 달력을 걸어놓고 / 날마다 새롭게 태어나고 싶다.
• 이해인 수녀의 시, 〈내 마음의 방〉 •

나는 대화하기를 좋아한다. 다양한 직업군의 남녀를 만나다 보니, 나이 차가 10년 안팎인 사람들과 소소한 모임을 번개 형식으로 자주 갖는 편이다. 그중에는 솔로 모임도 있다. 이혼한 독신인 돌싱 한 명을 빼면 싱글 구성원의 연령대는 30대 중후반에서 40대 초반이다. 목하 연애 중인 사람은 두세 명 정도인데, 다들 밀고 당기는 연애 줄다리기 실력이 그다지 좋지 않은지 좀처럼 사랑을 꽃피우지는 못하는 것 같다.

이미 두 차례 이혼한 남자와 만나고 있는 A에겐 연애가 쉽지 않아 보인다. 그럴 때면 40대 노총각 B가 여성의 심리에 딱 맞춰 A의 고민을 감칠맛나게 상담해준다. 맞춤형 상담이 따로 없으니, A는 만나기만

하면 B에게 조언을 구하기 일쑤다. 어느 날엔가 그녀의 하소연이 또 시작됐다. 그와 잘 맞추고 사이좋게 잘 지내고 싶은데, 왜 그리 연애가 힘든 건지 모르겠다며 투덜댄다. 왜 자기 마음을 헤아려주지 못하고 독불장군식 연애를 하는지 도무지 속을 알 수 없다며 B의 답을 구했다.

"당신이 그 사람 처지에서 다 안다고 생각하죠? 착각이에요. 그쪽은 당신을 받아들일 마음의 준비가 아직 안 돼 있어요. 그런데 당신이 배려라는 이름으로 너무 많은 걸 한꺼번에 주면 부담부터 느낄 거예요. 아직도 그 사람 마음은 비워지지 않았는데, 들어갈 자리가 없는데…. A 씨가 밀고 들어가면 당연히 A 씨를 멀리하지 않겠어요? 상대가 사랑이라는 감정보다 부담 먼저 느끼게 되면 연애가 어려워져요. 그 사람이 '헉!'하고 뒷걸음질치지 않게 마음의 페이스 조절, 완급 조절을 잘해야 연애에 성공할 수 있어요."

그럴듯했다. 우리는 삶에서 비우기보다 채우는 쪽에 더 급급해하고 우선순위를 두는 경향이 있다. 비워야 채울 수 있고 손에 꽉 쥔 것을 놓아야 다른 것을 잡을 수 있는데, 그놈의 미련 때문에 살면서 이미 가진 것을 쉽게 비워내지도 내려놓지도 못한다. 인연이 다하고, 수명이 다하고, 인생에서 더는 돌이키지 못할 사람과 물건 그리고 과거와 추억을 쉽사리 '삭제'하지 못해서 마음은 늘 분리수거가 안 된 쓰레기통처럼 뒤죽박죽 산만하다. '딜리트(delete, 삭제)' 키 한 방으로 나에게 불필요한 파일을 없애는 컴퓨터처럼, 마음이라는 방도 '딜리트' 키로 깨끗하게 지울 수 있으면 좋으련만(하긴, 컴퓨터에도 복원이라는 기능이 있기는 하다).

　일상에서 버리고 덜어내는 일이 정말 어렵다는 말에 공감한다. 가계부를 알뜰하게 참 잘도 쓰는 내 친구 사례만 봐도 그렇다. 그녀는 일주일에 한 번 정도 필요한 물건을 적은 메모를 들고 대형할인점에 가서 장을 본다. 그럼에도 어떤 날은 예산을 초과해서 계산 직전에 물건을 덜어낸 적도 있다고 한다. 하지만 딱히 빼낼 만한 물건이 없어서 결국 예산을 무시하고 모두 구매한 적도 더러 있는 그녀였다.

　과거에 연연해서 더는 지키지 못할 사랑이나 일을 깔끔하게 떠나보내지 못하고 마음 한쪽에 붙들어 둔다면 새로운 사랑도, 새로운 일도 도모할 수 없다. 우리의 삶이 만남과 헤어짐의 연속이듯, 우리의 마음도 때에 따라 비우고, 채우기도 해야 한다. 고인 물은 썩는 법이다.

　이스라엘의 헐몬 산에서 흐르는 물줄기는 갈릴리 호수, 요단 강을 거쳐 사해(Dead Sea, 死海)에서 멈춘다. 사해는 한자 그대로 죽은 바다를 뜻한다. 이스라엘과 요르단에 걸쳐 있는, 지구에서 가장 지표면이 낮은 지역인 사해는 물이 빠져나가는 출구가 따로 없고, 유입량만큼의 수분증발이 일어난다. 사해라는 호칭은 다른 바닷물에 비해 염분 농도가 해수의 5배로 높아 엄청나게 짜기 때문에 생물이 살지 못해서 붙은 이름이라고 한다. 소금이 많은 덕분에 그곳에 가면 수영실력과 관계없이 누구나 바닷물에 몸이 둥둥 뜨기에 관광객이 많이 찾는 장소이다. 그러니 어찌 생물이 살 수 있겠는가. 사람이든 생물이든 비우지 못하면 채울 수 없고 썩거나 생명이 살지 못한다. 마음에도 순환이 필요하다. 순환하지 않으면 삶이 빈곤해질 것이다. 가난한 마음은 슬픈 마음과는 다른 이야기다. 나를 철저하게 비워내는 '가난한 마음'을 당신도 사랑했으면 좋겠다.

물건도 마음도 덜어내고, 비우는 게 생각처럼 쉽지 않다. 물건을 분리수거하듯, 마음도 날을 정해 분리수거해야 한다. 버릴 건 버리고, 재활용하면 좋겠다 싶으면 적당한 크기의 방에 다시 담아두면 된다. 일주일에 한 번, 어느 특정 요일을 '마음 분리수거의 날'로 정하고, 묵고 찌든 마음, 산만했던 마음, 버려야 할 감정이나 사람을 과감하게 버리면 좋겠다. 그렇게, 마음이라는 밭을 깨끗하게 수시로 갈아엎어 보는 작업이 필요하다. 깨끗하게 정리된 새로운 마음밭에서 새로운 생각과 마음이 자라날 수 있게 말이다.

대부분의 사람들이 생각하는
사랑과 행복에는 공통점이 있다.
그들에게 사랑은 현재형이 아닌
미래형이고, 이미 소유한 것이 아니라
늘 추구하고 갈구하는 희망 사항이다.
행복하고 사랑해야 할 때는,
바로 '지금'인데도. 행복한 순간에도
행복을 못 느끼고,
사랑하는데도 사랑인지 모른다.
마음 한쪽이 늘 허하고,
더 큰 행복과 더 큰 사랑,
남의 행복과 사랑을
부러워하며 바라보느라
정작 자기 행복과 사랑은
놓칠 때가 더 많다.
난 사랑을 좋아하고,
사랑에 애착을 갖고,
사랑을 추구한다.
부모이든 자식이든 연인이든
부부이든 친구이든, 미루지 말고
바로 지금 사랑하라!
사랑한다면 빈 껍데기 말고
상대가 원하는 그것, '진심'을 주어라!
마음이 통하는 사람, 마음 맞는 사람이
되기 위해서 껍데기 말고
당신의 전부를 주어라.
살맛 나는 세상의 원천은 바로 사랑이다.

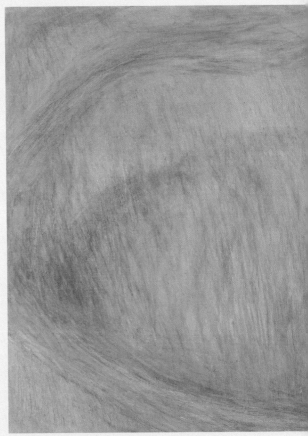

Silence II _ 100×50cm _ acrylic on canvas

껍데기보다는 속마음이 맞는 사람 되기

3

지금 사랑하지 않는 자는, 모두 유죄다

: 한 번도 사랑하지 않은 것처럼 목숨 걸고 사랑하는 사람

> "사랑은 두뇌의 가장 고귀한 죄이다. 사랑의 고통은 그 어떤 즐거움이나 쾌락보다 훨씬 달콤하다."
> • 존 드라이든 •

중고등학생 시절, 나는 시도 종종 쓰고, 작사나 상상도 즐기는 나름 수줍음 많은 로맨티스트 소녀였다. 그래도 발랄하게 친구들과 어울려 놀아서 친구들은 내가 그렇게 전형적인 A형 소녀임을 눈치채지 못했던 것 같다. 중학교 때 학교 방송실에서 점심시간이면 신청곡을 틀어주곤 했는데, 어떤 남학생이 사이먼 앤드 가펑클의 팝송을 나랑 함께 듣고 싶다고 신청해서 나는 친구들의 놀림을 받기도 했다. 버럭 화를 내면서도, 내심으론 그 남학생이 나를 좋아하는 건 아닌지 궁금해하던 추억도 있다. 천주교 신자였던 나는 언젠가 교리 시간에 반항심이 들어 신부님 눈에 띌까 봐 미사를 마치기 무섭게 성당을 빠져나가는 민첩한 반항아 기질도 있었고, 마음 한편으로는 보좌 신부님을 선망

하며 짝사랑하는, 마음 여리고 예민한 아이였다.

그 시기에 이성에 대한 궁금증이나 사랑에 대한 선망 등 사춘기 소녀의 감성을 다행히도 탈선이 아닌 문학과 음악, 영화 즐기기로 풀었다. 사랑 에너지는 시나 소설, 다양한 장르의 음악과 영화에 심취하게 했고, 덕분에 대학원에서까지 문학과 대중문화를 이해하고 연구하는 데 적지 않은 도움을 받았다.

감성적인 문학소녀였던 나는 대학교에 진학해서야 세상이 녹록하지 않다는 사실을 느끼며 현실에 점점 눈을 떴다. 능력 있는 선배들이 사랑에 빠져 결혼한 후, 정신없이 아이를 키우느라 점점 더 자신을 잃어가는 모습을 지켜보면서, 대한민국에서 성공하려면 사랑을 포기해야 하는 걸까를 놓고 고민하기 시작했다.

스물두 살(당시 서른 살도 엄청나게 늙어 보인다고 스스로 느낄 때였다), 강의가 없던 시간이라 대학 동기와 함께 교정을 거닐던 어느 날이었다. 우리의 대화 주제는 단연 결혼이었다. 누가 당장 시켜주지도 않을 결혼에 핏대를 올리며 자기 생각을 서로 앞다투어 이야기하곤 했다. 둘 다 남자친구가 없던 때여서 참 어린 시각에서 이야기를 나눴던 것 같다(지금 다시 듣는다면 다분히 유치할 이야기가 분명하다).

"난 하루빨리 결혼하고 싶어."

"왜?"

"결혼하면 사랑하는 사람과 매일 같이 살고, 아이도 낳으니까 좋을 거 아니야?"

"아이 낳으면 힘들잖아."

"힘들면 좀 어때. 둘이 같이 키우면 되지. 난 하루빨리 결혼할 거야! 넌?"

"난 싫은데? 난 서른 살 넘어서 할 거야."

"왜? 너도 소개팅해서 남자친구 만들고, 사랑에 빠지고 싶지 않아? 미니시리즈 보면 막 가슴 뛰고…. 내가 그 주인공이면 좋겠어."

"어이구. 바보! 그게 드라마지 현실이니? 너나 일찍 해. 난 안 해!"

둘 중 어느 쪽이 나 백현주일지는 아마 짐작하셨을 것이다. 나는 여대생 시절부터 이미 결혼을 그다지 낭만적으로 생각하지 않던 여자였다. 그 어느 누구도 결혼하면 일할 수 없을 거라는 말로 나를 만류하지 않았음에도 불구하고, 나 스스로, 사랑하면 결혼할 테고, 결혼하면 아이를 낳게 될 터이니 내가 꿈꾸는 성공한 전문직 여성으로서의 미래를 절대로 추구할 수 없을 거라고 나름 확신하며 결혼과 거리 두기를 했던 것 같다.

어느덧 내 나이 불혹. 혹자는 더는 '혹하지 않는(유혹당하지 않는)' 나이, 뚝심 있는 나이가 되었다며 축하를 전한다. 여자에게 마흔은 변화의 시기다. 생각의 변화, 태도의 변화, 가치관의 변화 등…. 생각도 시간이 흐르면 자란다. 숙성된 와인처럼, 그 사람의 인생과 함께….

"선배처럼 되고 싶어요.", "혼자 살아도 멋있잖아요!" 지금도 내 후배들은 이런 이야기를 하며 반짝이는 눈빛으로 독신에 대한 로망을 표현하곤 한다. 물론, 결혼하지 않았기에 오직 내 생각만 하며 앞만 보고 달려오는 게 가능했고, 원하던 목표 달성에 거의 오차가 없었다는 사실을 인정한다. 그런데 후배들은 하나만 알고, 둘은 모르는 것 같다. 여태 혼자라고 해서 내 삶 속에 사랑이 정말 없었을까? 아니다. 때로는 밝은 모습으로, 때로는 아프고 힘든 모습으로 사랑은 친구처럼 늘 삶 속에 있었다. 사랑은 인생에서 굳이 피해야 하는 걸림돌이 절대 아니다. 사랑은 비타민이자, 필수 에너지이다. 힘들 때 나를 철인으로 만들어 버티게 하고, 긍정의 힘을 주어 웬만한 어려움은 이겨내게 한다. 사랑을 모르는 차가운 성격의 사람이 근무하는 회사에서, 어떤 인간적인 비즈니스와 인간미 넘치는 조직 생활을 기대할 수 있을까?

마음속 깊은 곳에서 샘솟는 사랑을 애써 외면하지 마라! 현재의 사랑을 즐겨라, 내 인생에서 다시는 오지 않을 것처럼. 지금 사랑하라. 다시는 상처 받지 않을 것처럼, 한 번도 버림받지 않은 것처럼, 한 번도 사랑하지 않은 것처럼…!

한 번도 사랑해 보지 않았다면, 사랑의 심판대에서 당신은 죄인이다. 새롭게 작업하는 매편마다, 깊은 인생철학을 담아 인기몰이를 하는 드라마 작가, 노희경의 에세이 〈지금 사랑하지 않는 자, 모두 유죄〉에서처럼. 그녀의 글 중 '나를 버리니 그가 오더라. 그녀는 자신을 버리고 사랑을 얻었는데 난 나를 지키느라 나이만 먹었다'는 지금도 남의 일 같지 않은 이 글귀가 절절하게 가슴을 친다. 아마 이 땅에 나와 같이 자신만을 지키느라 나이만 먹은 그와 그녀들이 상당수 있지 않

을까 싶어 여기 그녀의 에세이 〈지금 사랑하지 않는 자, 모두 유죄〉의
일부를 소개한다. 지나간 당신의 사랑은 잊고, 다가올 사랑을 위해서
준비하는 마음으로 감상하시길 기대하면서….

〈지금 사랑하지 않는 자, 모두 유죄〉

- 노희경 -

나는 한때 나 자신에 대한 지독한 보호본능에 시달렸다.
사랑을 할 땐 더더욱이 그랬다.
사랑을 하면서도 나 자신이 빠져나갈 틈을
여지없이 만들었던 것이다.
가령, 죽도록 사랑한다거나, 영원히 사랑한다거나,
미치도록 그립다는 말은 하지 않았다.

내게 사랑은 쉽게 변질되는 방부제를 넣지 않은 빵과 같고,
계절처럼 반드시 퇴색하며, 늙은 노인의 하루처럼 지루했다.

(중략)

그런데, 어느 날 문득 드는 생각.
너, 그리 살어 정말 행복하느냐?

사람 속 '사람' 찾기

나는 행복하지 않았다.

(중략)

내가 아는 한 여자,
그 여잔 매번 사랑할 때마다 목숨을 걸었다.

(중략)

그런데, 그렇게 저를 다 주고도 그녀는 쓰러지지 않고,
오늘도 해맑게 웃으며 연애를 한다.
나보다 충만하게.

그리고 내게 하는 말.
나를 버리니, 그가 오더라.
그녀는 자신을 버리고 사랑을 얻었는데,
난 나를 지키느라 나이만 먹었다.

사랑하지 않는 자는 모두 유죄다.

자신에게 사랑받을 대상 하나를 유기했으니

번명의 여지가 없다.

속죄하는 기분으로 이번 겨울도 난 감옥 같은 방에 갇혀,

반성문 같은 글이나 쓰련다.

그녀의 에세이에서 가장 강한 울림이 있는 부분은 여태까지 나를 지키느라 나이만 먹은 백현주의 모습이었다. 이젠 나 자신이 조금 달라져야 할지도 모르겠다. 그동안 그렇게 어려워하던 그것을 때가 되면 해봐야 할지도 모르겠다.

노처녀는 모두 외로워하거나
쉽게 넘어올 거라는 착각은 금물!

: 다정하지만, 줏대 있는 싱글로 살려는 사람

"사랑스러운 여자는 있지만, 완벽한 여자는 없다."
• 빅토르 위고 •

한때는 결혼 안 한 사람을 바라보는 주변의 시선에 부담을 느껴서 결혼할 사람이 있다고 거짓말을 하고 다닌 적도 있었다. 물론, 사람들이 나를 많이 알기 전의 일이다. 해도 후회, 안 해도 후회라는 결혼⋯. 아직은 필요성을 느끼지 못해서 하지 않았을 뿐인데, 왜 부모 형제도 아닌 남들까지 야단하며 걱정하는 걸까? 왜, 남자들은 대시만 하면 내가 넘어올 거라고 다들 착각하는 걸까?

나는 주 7일 근무를 거뜬히 즐기며 할 만큼 일이라면 사족을 못 쓰게 좋아하고, 책임감 있게 매진하는 성격이다. 그래서 쉬는 날이면 정말 나 자신을 위해 온전히 하루를 사용한다. 거기에 플러스를 하자면 가족과 함께 찜질방에서 구운 달걀도 먹고, 반나절을 뒹굴며 시간을 보내기도 한다.

기자, 아나운서, PD, 방송기술, 작가 등 방송일을 하는 사람의 생활 방식이 얼마나 불규칙한지 알 만한 사람은 다 알 것이다. 직종 막론하고 달력의 빨간 날(공휴일)과는 거리가 먼 곳이 방송가이다.

남편도 방송인이어서 시집에서 방송국 돌아가는 사정을 빤히 알 법한데도 일하느라 바빠서 행사에 딱딱 못 맞춰 가는 방송인 며느리에게는 시댁에서 유독 섭섭해하더라는 이야기를 듣거나, 전혀 다른 직종에서 일하는 남편을 만난 동료 선후배들 또한 그들대로 방송일 하느라 정작 집에는 며칠씩 못 들어갈 만큼 피곤한데도 가족 행사를 위해 시댁으로 달려가는 모습을 보면 '내가 저들처럼 제대로 며느리 노릇을 해낼 수 있을까…'라는 고민에 결혼은 늘 뒷전으로 밀려나곤 했다. 아주 가끔은 '어휴, 그냥 일찍 결혼해 버릴걸' 하는 후회를 할 때도 있지만, 나이 먹은 노처녀라고 해도 난 현실과 타협할 생각이 전혀 없다. 나이에 떠밀려 이상에 맞지 않는 사람, 마음이 소통되지 않는 사람, 감정을 주고받지 못할 사람과 결혼이라는 울타리에 들어가고 싶지 않다는 말이다. 이런 내 속을 도통 모르는 동료나 선배들은 가까이 있는 노총각들과 무조건 연결하려 든다. 그때마다 참담한 생각이 든다.

"우리 출연자 아무개 있지? 그 사람도 결혼 안 했잖아. 백 기자랑 잘 어울릴 거 같아. 내가 가교 역할 좀 해봐?"

"백 기자, 올해 나이가 몇이지? 아무개가 몇 살 위잖아? 개도 결혼하고 싶어 안달이야. 근데 여자가 없어."

듣다 보니 이미 알고 있는 남자 이야기이다. 이상형이 아니기에 신경도 안 쓰고 지냈는데, 이제 와서 상대가 총각이라는 이유로 나와 그 남자를 'VS' 해버린다(엮어버린다). 두 사람의 성향, 성격, 수준, 환경 등은 전혀 고려하지 않고 독신남과 내 나이가 엇비슷하다는 이유로 결혼까지 연결 짓는다. 또 어떤 이는, 단순히 비즈니스로 만난 관계인데도 불구하고 자신이 무슨 알람시계나 되는 것처럼 밤마다 전화로, 자는 나를 깨운다. 처음에는 일과 연관된 소재로 접근해서, 어느 순간에는 자신의 일정을 이야기하다가, 스멀스멀 사적인 이야기로 물고 들어오는 작전에 참 기막힐 뿐이다.

결혼 안 한 노처녀는 모두 외로워하거나 쉽게 넘어올 거라는 착각은 접어주시길 부탁한다. 노처녀가 열 번이 웬 말이냐, 한 번만 찍어도 자신에게 넘어올 거라는 괜한 착각과 자신감은 도대체 어디서 비롯된 것일까.

미루지 말고 오늘을,
자식답게 사랑하며 살기

: 부모를 살리는 회복제 '치사랑'으로 부모를 공경하는 사람

"수신제가치국평천하(修身齊家治國平天下)"
: 몸과 마음을 닦아 수양하고 집안을 가지런하게 하며 나라를 다스리고 천하를 평한다.
• 〈대학(大學)〉 •

　우리 생활에 뿌리 깊숙이 박인 유교사상 중에 일부는 생활 속에 여전히 지켜지고 있다. 부모의 하해(河海, 큰 강과 바다를 아울러 이르는 말)와 같은 자식 사랑, 내리사랑이 그중에 하나다. 부모가 돌아가시면 3년 상을 치르는 예법 또한 유교식 전통에서 비롯되었다. 인간은 태어나 독립체로서 홀로서기 할 수 있는 시기인 만 세 살까지, 적어도 3년은 꼬박 부모의 관심과 보호 속에 살아야 한다. 3년의 보호와 양육에 대한 자녀된 도리인 유교식 보답이 바로 3년 상 치르기로 나타났다고 한다. 도저히 갚을 길 없는 내리사랑에도, 자식된 우리는 부모의 소중함을 너무 늦게 깨닫곤 한다. 자식은 왜, 부모님께서 젊고 건강하실 때에도 자식의 관심과 사랑을 필요로 하고, 자식 때문에 행복해하신다

는 사실을 모를까? 내리사랑의 반대 개념인 치사랑…. 인간에게만 있는 치사랑의 의미를 좀 더 일찍 깨닫고 배우길 부탁하며 이 글을 쓴다.

나는 보통 휴가 계획이란 걸 도무지 짤 수가 없는 사람이다. 아침부터 밤까지 일곱 건의 미팅은 기본일 정도로 바쁜 생활이 늘 연속되기 때문이다. 그런 탓에 식구들, 특히 어머니는 오랜 세월 막내딸과 여름휴가를 구상하는 재미 자체도 누려보지 못하셨다. 그래도 딸내미와 가까운 거리라도 좋으니 함께 여행 가고 싶다는 말씀을 종종 하셨다. 데일리 뉴스를 담당하던 현장 기자일 때는 취재 현장을 열심히 뛰어다니느라 해마다 제때에 휴가를 떠나본 적이 없었다. 어머니의 마음을 읽은 터라 가족의 '추억 만들기'를 위해 작년에는 작정하고 휴가기간에 맞춰 속초로 여행을 떠났다. 대가족에 동창까지, 예상보다 많은 인구가 함께 움직였다. 볼거리도 먹을거리도 많은 공기 좋은 속초에서 아들같이 듬직해하시는 막내딸과 함께 며칠을 보낼 수 있다는 생각 때문인지 어머니는 다소 상기된 표정이셨다.

그런데 그동안 너무 미뤄왔던 탓일까! 그렇게 벼르던 가족 여행의 즐거움을 앞두고 어머니는 속초에 도착해서부터 감기 기운에 시달리셨다. 급기야 몸살까지 찾아와 바라던 온천욕도 제대로 못 하고 끙끙 앓기만 하셨다. 식사도 드시는 둥 마는 둥 나들이라고 해봐야 숙소에서 가까운 곳만 겨우 잠깐씩 들른 게 전부였다. 고대하셨던 짧은 휴가는 그렇게 아쉽고 안타깝게 지나갔다. 서울로 올라와서도 어머니의 감기는 좀처럼 나아지지 않았다. 결국, 폐렴으로 입원과 퇴원을 반복하고 몸도 쇠약해지는 상황까지 되었다. 그 무렵, 여전히 바쁘고 분주했던 나는, 지나온 40년을 돌아보게 되었다. 결혼은 늘 뒷순위이고 일에만 매진하는 막내딸을 위해 묵묵히 내조해주시던 어머니의 모습이 먼저 떠올랐다. 젊고 패기 넘치던 어머니는 이제 감기 따위도 이기지 못하실 만큼 나이가 드셨고, 온몸엔 세월의 흔적이 깊었다. 행여나 딸이 신경 쓸까 봐 아픈 내색도 않고 애써 참으시며 일거수일투족, 상담자를 자청하며 딸의 사회 활동에 별문제가 없는지 늘 노심초사하면서 기도해주시던 어머니…! 24시간, 하루 온종일 막내딸의 생각과 계획에만 매달려 오신 어머니를 나 몰라라 하다니.

폐렴 진단을 받고 입원하시던 날, 어머니는 내 손을 꼭 잡고 작은 소리로 말씀하셨다. "아직도 많이 바쁘지? 그래도, 웬만큼 바쁜 일이 아니면 엄마 곁에 있어주라." 당신보다 늘 딸 생각만 하느라, 그동안 얼마나 미루고 미뤄 오셨다가 토해낸 말씀이셨을까…! 가슴이 뭉클하다 못해 먹먹해졌다. 이게 치사랑의 시작이라면 첫 단추부터 제대로 끼워야겠다는 생각에 어머니의 건강 회복을 위해 곁에서 돌보면서, 미친 듯이 내 일도 처리하며, 지나온 삶을 정리하는 시간을 가졌다. 어느 때보다 치열한 나날이었다. 그때만큼 하루가 짧았던 적이 없는 걸 보면.

어머니의 병환을 계기로 어느 날 내 삶을 돌아보니, 삶의 이유와 목적을 잃은 채 살아왔음을 깨달았다. 우습게도 삶 자체가 수단이 되어버린 인생으로 살고 있었다. 소중한 게 무엇인지 무감각하게 살아왔다는 생각에 마음이 저렸다. 내가 일을 하는 이유는 척박하고 각박한 삶을 살려는 게 아니라 곁에 있는 가족을 포함해 사랑하는 사람들과 함께 여유를 즐기고 행복하기 위해서가 아니었던가! 그날, 그런 교훈을 얻은 이후로 이제는 웬만큼 큰일이 아니고서는 전화나 이메일, 메신저로 업무와 미팅을 대부분 해결하고, 조금이라도 시간을 내어 사랑하는 사람들과 행복한 시간을 가지려고 노력한다. 뿐만 아니라, 매일 아침 나는 장금이가 되어서 어머니의 기력 회복을 위한 아침상을 직접 마련하고 나의 일과를 시작하고 있다. 평생을 어머니가 우리들을 위해서 해오셨던 일을 나는 이제야 하기 시작한 것이다.

부모에게 자녀의 사랑만큼 빠른 회복제는 없다. 이제 내 삶의 이유는 일상에서 부모님께 사랑을 표현하는 것이다. 어머니의 폐렴은 나에게 소중한 메시지를 주었다. 그 시간을 통해 나는 한층 더 성장했고, 사람답게 자식답게 치사랑을 하는 방법을 조금씩 배워가고 있다.

※
통(通)했다면 소모적인
줄다리기나 평행선은 이제 그만

: 사랑에는, 시치미 떼지 말고 바보가 되는 사람

"사람들은 비합리적이고, 자기중심적이고 비논리적이다. 그래도 사랑하라!"
· 테레사 수녀 ·

"왜 있잖아, CF 같은 거 보면…

순간 주위의 모든 것들은 정지되고

오직 한 사람만 움직이는 것처럼 보이는 거.

자기 처음 본 순간이 바로 그랬어.

자기가 한발 한발 멀어지는데 그때마다 내 심장 소리가 쿵쿵, 했어.

그냥… 처음부터 무작정 좋았어….

그런데 있지… 그때보다 지금이 더 좋아.

아마 내일은 더 좋아질 거야…."

– 영화 〈싱글즈〉, 수혁의 대사 중에서 –

똑똑한 사람도 바보 같은 사랑을 할 수 있고, 바보 같은 사람도 똑똑한 사랑을 할 수 있다. 세상의 잣대로 볼 때, 현실적인 조건이 어울리지 않는다고 해서 그 사랑을 의심하고 밀어내지 마라. 왜 당신이 하필 나 같은 사람을 좋아하느냐고 자꾸 물음표를 던지면서, 버려지고 상처받을까 봐 지레 겁부터 먹고 밀어내면 상대는 너무 버거운 사랑을 하게 된다. 좋아하는 마음을 그냥 순수하게 받아주자.

어울리는 듯 안 어울리는 듯 알쏭달쏭한 동갑내기 커플 A와 B는, 서로 알고 지낸 지 5년이 채 안 된 연인이다. 둘은 서로를 간절히 원하면서도 절대 내색하는 법이 없는데, 둘 다 자신의 마음을 가장 잘 이해하는 사람이 '서로'라고 각자 굳게 믿고 있다. 서로 전혀 다른 분야에서 일하지만, 참 죽이 잘 맞고, 이야기가 잘 통하는 두 사람이다. 내심 더 가까이 가고 싶고, 헤어져 있으면 보고 싶어도, 아닌 척 시치미를 뗀다. 한 달이 넘도록 밥 먹고 차 마시기만 되풀이할 뿐 손 한번 잡지 않은 채 헤어져도, 서로에 대한 소속감은 참 대단하기도 하다. 하지만 둘 다 상대를 너무 배려하다 보니, 좋아하는 마음을 먼저 표현하는 행동은 내 감정만 앞세우는 이기심의 절정이라고 생각해서, 감정을 솔직하게 표현조차 못한다. 공교롭게도 둘 다 소심의 원형이라는 A형이다.

A와 B는 어떤 것에도 더는 '혹'하지 않는다는 나이인 '불혹'이다. 일 때문에 알게 된 두 사람은 서로 관심조차 없었고, 1년에 겨우 한두 번 정도 연락하고 지내던 사이다. 사실 A가 B를 만났을 때, B에겐 삐걱거리기는 해도 아내가 있었으니 두 사람이 당연히 소원할 만도 하다. 철저한 도덕주의자인 A는 유부남인 B를 사회에서 알게 된 동갑내기

지인 정도로만 생각했고, B도 일상에 치여 A를 염두에 둘 여력이 없었다. 그러다가 몇 해 뒤인 어느 주말이 그들의 장밋빛 연애의 디데이(시작일)가 되었다. 둘은 오랜만에 함께 밥 한 끼를 나눈 이후에 누가 말을 꺼낸 적도 없기에 미처 데이트라 생각해 보지도 못한 채 주기적으로 만나기 시작했다. 하지만 이미 두 번이나 사랑에 실패한 B는 A와 가까워질수록 두려움을 표현했고, 미혼 싱글인 A는 갈등하기 시작했다. 이해심 많은 A는 결국 모든 걸 감싸 안기로 했다. 서운하더라도 엄마처럼 보듬자고 작심하고, 연인으로서 B에게 바라는 마음을 조금씩 덜어냈다.

상처 많은 B를 있는 그대로 받아들이려고 노력하다 보니 A의 눈에는 눈물 마를 날이 없었다. 똑똑하지만 사랑에는 미련한 듯한 B는 A가 정작 자기 때문에 아파하며 허구한 날 눈물로 밤을 지새운 사실도 모르고, 여전히 눈치를 못 챘다. B를 먼저 생각하고 아끼고 배려하느라 많은 걸 버린 A가 그저 잘 지내고 있다고만 생각하는, 둔하디 둔한 B였다. 이제는 A의 마음을 알 때도 되었건만 언제까지 평행선만 달릴 건지….

혹시, A의 마음을 이미 알면서도 자신이 해줄 게 없다는 좌절감에 모르는 체하는 B의 더 깊은 마음을, 오히려 A 쪽에서 모르는 것일까? A와 B는 연인과 친구 사이에서 멀어졌다, 가까워졌다 줄다리기를 하며 여전히 잘 지내고 있다. 두 사람은 같은 생각이다. 평생 서로 가까이 두고, 보고, 살고 싶다는 점에서! 이런 두 사람이 교차점을 찾지 못하는 이유는 대체 무엇일까…?

　인스턴트(즉석) 사랑이 대세인 요즘에도 지극히 아날로그적인 사랑을 하는 두 사람…. 이미 그 마음은 소통했기에 어느 날 부지불식간에 두 사람은 깊이 사랑하게 되지 않을까. 언젠가 두 사람이 각자 마음을 솔직하게 고백하는 그날, 두 사람은 분명 월하노인(月下老人, 남녀의 인연을 맺어 준다는 전설상의 노인)이 붉은 실로 단단히 이어준 천생연분처럼 서로 꼭 맞는 부부의 인연이 되리라는 생각을 벌써부터 해본다.

죽고 못 사는 눈먼 콩깍지 사랑

: 사랑한다면 때론 귀를 닫는 사람

"사랑이란 자기희생이다. 이것은 우연에 의존하지 않는 유일한 행복이다."
• 톨스토이 •

    한 곳만 오롯이 바라보는 해바라기처럼, 단점도 못난 구석도 다 감싸 안을 수 있는 진짜 사랑이 무엇인지 아는가? 눈에 콩깍지가 쓰여서 장점만 보이는 '콩깍지 사랑'이다. 세상이 포기한 사람이어도, 누추한 환경에 가진 게 하나 없어도, 외모가 안 예뻐도, 상대에게 콩깍지가 쓰인 사람은 그 사람이 세상에서 최고요, 그 사람 덕분에 일상이 감사하고 무엇을 해도 행복하기만 하다. 남이 뭐라든 제 눈에는 예뻐 보이는 묘한 콩깍지 사랑…. '제 눈에 안경'을 걸친 듯 딱 맞는 제 짝만을 바라보는 마음의 소유자야말로 진정 순수한 낭만주의자가 아닐까. 최소한 '콩깍지 사랑'을 하는 동안에는.

    요즘처럼 사랑보다는 조건이 먼저인 이기적인 세상에서 콩깍지 사랑을 하기란, 절대로 쉬운 일이 아니다. 소개팅 한번 주선하려 하면 남녀 모두 이런 질문 공세로 나를 들볶는다. "예뻐?", "잘생겼어? 키는 얼만데?", "연봉은?", "집안은?", "돈은 많고?"…. 허탈한 마음에 너털웃음밖에 안 나온다. 자신을 조금만 돌아보면 겸손해질 법도 한데….

콩깍지 사랑은 또, 확 불붙다 식어버리는 일회성 사랑과는 확연히 다르다. 콩깍지 사랑이 '너는 내 운명'인 사랑이라면, 쉽게 불붙는 사랑은 순간적인 본능에 따른 욕망의 분출일 가능성이 높다. 일회성 사랑은 외모의 결함이나 현실적인 조건, 혹은 뒤늦게 보게 된 상대의 단점에 마음이 일순간 확 식어버리기 마련이다. 그러나 콩깍지 사랑은 좋은 상황이든 나쁜 상황이든 늘 서로 감싸 안는 무한지대의 사랑이다.

신인배우인 큰조카의 일일 매니저가 되기로 자청한 어느 날이었다. 영화제 폐막식 일정을 끝으로 매니저로서 내 임무를 무사히 완수하고 돌아오는 길이었는데 불볕더위주의보가 있던 날이어서 밤늦게까지도 몹시 무더웠다. 운전하다가 신호 대기 중에 창밖을 보았다. 그런데 20대 중반쯤으로 보이는 남녀가 반은 부둥켜안은 채 꽈배기 도넛처럼 달라붙어서 길을 걷고 있었다. 도대체 얼마나 매력적인 외모이기에 이 더운 날 저리도 좋을까 싶어 차로 조금씩 따라가면서 두 사람의 얼굴을 살폈다. 생각보다 빼어난 미모는 아니어서 솔직히 별로 이해가 되지 않았다.

그런데 희한했다. 집으로 오는 20분 내내 그 커플이 자꾸 눈에 아른거렸다. 왜 그럴까 반문했다. 대답은 명료했다. 그들은 내가 그토록 선망하는 서로의 눈에 콩깍지가 씐 '콩깍지 커플'이었던 것이다! 남이 보기엔 둘 다 평범해 보이지만, 누가 보더라도 그들끼리는 죽고 못 사는 연인이었다. 생각할수록 그 모습이 참 예뻐 보였고, 오래도록 내 마음에 각인되었다. 혹시 지금 누군가를 절절하게 사랑하고 있다면, 자꾸 보고 싶다면, 주변에서 냉정하게 조언하며 상대의 단점을 알려주려 해도 귀를 잠시 닫아두는 게 좋겠다. 아무나 쉽게 경험할 수 없는 콩깍지 사랑이라면, 콩깍지 쓰인 눈으로 오래오래 사랑할 수 있도록 콩깍지 쓰이지 않은 남의 눈은 되도록 멀리하는 게 괜찮을 것 같다.

만일 그를 기다리는 동안에 쿵쾅거리는 심장을 어찌하지 못하겠다면 잠시 이 시 한 편으로 마음을 대신해도 좋겠다. 지금 사랑을 하고 있거나 사랑을 기다리고 있는 분들을 위해 황지우 시인의 〈너를 기다리는 동안〉을 띄워 보낸다. 내 심장도 언젠가 이렇게 쿵쿵거리며 뛰게 될까? 나의 반쪽, 내 눈에 콩깍지를 씌울 그의 발자국 소리를 멀리서부터 기다리면서…. 나는 내 짝을 한눈에 알아보기를 소망한다. 긴가민가 헷갈린다면 내가 찾고 기다려왔던 콩깍지 사랑은 아닐 테니까.

〈너를 기다리는 동안〉

- 황지우 -

네가 오기로 한 그 자리에
내가 미리 가 너를 기다리는 동안

사람 속 '사람' 찾기

다가오는 모든 발자국은

내 가슴에 쿵쿵거린다

바스락거리는 나뭇잎 하나도 다 내게 온다.

기다려 본 적이 있는 사람은 안다.

세상에서 기다리는 일처럼 가슴 애리는 일 있을까.

네가 오기로 한 그 자리, 내가 미리 와 있는 이 곳에서

문을 열고 들어오는 모든 사람이

너였다가

너였다가, 너일 것이었다가

다시 문이 닫힌다.

(중략)

아주 먼 데서 지금도 천천히 오고 있는 너를

너를 기다리는 동안 나도 가고 있다.

남들이 열고 들어오는 문을 통해

내 가슴에 쿵쿵거리는 모든 발자국 따라

너를 기다리는 동안 나는 너에게 가고 있다.

정답 없는 사랑의 방정식

: 포기 없는 용기로 사랑을 쟁취하는 사람

"사랑은 용기 있는 자의 특권이다."

• 마하트마 간디 •

사랑하다가 여건이 조금 안 맞으면 이별을 고민하는 연인이 적지 않다. 감정의 문제를 이성으로 해결하려다가 괴로워하는 남녀도 있다. 사람의 감정에 왜 정의를 내리려고 할까? 용기와 의지만 있다면 사랑은 지킬 수 있다. 당신은 지금 어떤 사랑을 하고 있는가. 혹시 지금 소개할 커플과 같은 사랑을 하고 있지는 않으신지?

30대 후반인 A와 30대 초반인 B. 두 사람의 나이는 8년 차이다. 통상적인 사회 인식으로 치자면 A는 남자이고, B는 여자여야 한다. 그러나 이 커플은 반대다. A는 여자이고, B는 남자다. 자기분야에서 프로페셔널한 A(여)지만, 굉장히 섬세하고 애교 넘치는 성격의 소유자다. B(남)는 A보다 나이는 한참 어리지만, 듬직하고 보듬을 줄 아는 남자다운 성격의 소유자다. 그렇다 보니 두 사람은 자연스럽게 나이를 초월해 사랑을 느끼고, 연애에 돌입하게 되었다! 일하는 분야도 달라서 둘은 만나면 이야기꽃을 피우느라 시간 가는 줄 모르고 아끼고 사랑하며 헤어지기 아쉬워하는 전형적인 연인이 되었다.

문제는 A의 환경이었다. A는 장녀로 혼기가 꽉 차다 못해 넘치는 나이여서 집안에서 결혼 압박에 시달리고 있었다. A가 굳이 내색하지 않는다 해도 그 사실을 모를 리가 없는 B는 어떻게든 사랑하는 그녀를 책임지고 싶지만, 그녀보다 아직 사회적으로 갈 길이 먼 그의 현실은 A의 부모 눈높이에 찰 리 만무했다. 반대로 B의 부모님은 귀한 아들을 낚아챈, 한참 누나인 여우 같은 A가 과연 임신이나 할 수 있을지부터 물고 늘어질 게 빤했다. 둘만 놓고 보면 마냥 행복해 보이는데, 결혼이라는 화두 앞에서 가족이 끼어들면 고요한 바다 같던 커플은 난데없이 폭풍우를 만나고 바람 앞의 등불이 되기 일쑤다.

결국, A와 B는 각자의 환경에 무너지고 말았다. 두 사람은 2년간의 교제와 치열한 고심 끝에 감정을 정리하고 편한 친구로 남기로 합의했다. 보통, 머리(이성)와 가슴(감성)은 따로 논다고 하는데, 그들은 과연 안 보고 지내도 정말 괜찮은 걸까?

얼마 전, 오랜만에 A를 만나 B의 소식을 물었다. 잘 지내고 있고, 가끔 안부를 전하며 지낸다고 했다. 아직 서로에게 좋은 마음이 있다고도 했다. 현실 앞에서 돌아서야 하는 두 사람이 너무 안타까웠다. 나는 그들이 진심으로 잘 되기를 바라는 마음으로 이런 이야기를 들려

주었다.

"눈에서 멀어지면, 마음에서 멀어지는 거라고 하죠. 서로 사랑하는 게 확실하고 변함이 없다면, 더 늦기 전에 다시 시작해요. 각자 부모님을 적극 설득해 봐요. 두 사람은 반대를 극복할 만큼 용기 내지 못했던 것 같아요. 감정은 머리로 정리할 수 있는 게 아닌데 말이죠."

그녀와 헤어지는 길에 한 가지를 약속해달라고 했다.

"빠른 시일 안에 청첩장 주시는 겁니다. 결혼하게 되면 밥 사세요. 저도 재회에 일조한 거니까요."

정말, 그녀의 결혼 소식을 듣기를 간절히 바라면서 A와의 아쉽고도 짧은 티 타임을 마무리했다.

안젤리나 졸리 같은 아내보다
못생긴 외간 여자에 더 끌린다?

: 주어진 사랑에 충실할 줄 아는 사람

"남의 떡이 커 보인다."
• 우리나라 속담 •

　사회생활을 하다 보면 다양한 직업이나 연령대, 각양각색의 외모와 성격을 소유한 사람을 만나게 되는데, 그중에 남자가 절반 이상이다. 함께 일하다 보면 차도 마시고, 식사도 함께하고, 회식을 하는 경우가 종종 있지만, 남자들과의 '술자리'는 어쩐지 불편해서 꺼리는 편이다. 술자리에서 안 좋은 장면을 종종 본 탓이다. 좀 더 솔직하게 말하면, 굳이 술자리가 아니더라도 아내가 있는 남자가 외간 여자를 향해서 무관심의 장벽을 허무는 장면을 심심찮게 목격한다. 막연히 소유하지 못한 대상에 대한 갈망인지, 남성 특유의 정복욕 때문인지는 모르겠지만, 이런 불편한 상황 때문에도 미혼 여성이 사회생활을 한다는 건 정말 쉽지 않은 일이다.

몇 해 전, 저녁 식사 모임이 있었는데 약속장소에 남자 방송 선배인 A와 나만 먼저 도착했다. 다들 일정이 엉켜 둘이서 후배들을 기다리며 이런저런 이야기를 나누는데, A선배는 은근슬쩍 대화를 성적인 주제로 몰아갔다. 노처녀인 내가 왜 결혼을 하지 않는지, 진정한 남자를 만나지 못해서 그런다는 둥, 중이 고기맛을 보면 하산하지 않곤 못 견딘다는 둥 정말 그냥 웃어넘기기에는 불편하기 짝이 없는 말을 메들리로 입에 담았다. 속은 부글부글 끓었지만, 계속 얼굴을 봐야 하는 선배이기에 무덤덤한 듯 이야기를 들었다. 듣다 보니 내용이 점점 더 알차져서는(?) 자기의 성적인 매력에 대해 호소하기 시작했고, 소위 작업멘트까지 등장했다. '결국, 올 것이 온 건가…' 정말 불편하기 짝이 없었다. 유부남인데다가 애까지 딸린 사람이 왜 그리 체통을 못 지키고 능구렁이 담 넘듯 능글대는 것인지. 하물며 그 선배는 와이프를 열심히 쫓아다닌 끝에 결혼했고, 아내가 내조를 굉장히 잘해주어서 주위의 부러움을 한몸에 받는 사람이었다.

나는 후배들이 빨리 오기만을 학수고대하며 계속 시계만 들여다봤다. 한 시간도 채 안 되는 시간이 열흘처럼 느껴질 만큼 귀도 마음도 괴로운 시간이었다. 왜 남자들은, 그것도 유부남이면서, 집에는 홀랑 껍데기만 벗어두고 속은 언제나 또 다른 나비를 향해 떠도는 것인가. 제발 정신 차리고 가정으로 돌아가시길….

남자의 그런 모습을 목격할 때마다 언젠가 어떤 선배에게 들은, 믿고 싶지 않은 불편한 말이 떠오른다. "내 아내가 안젤리나 졸리처럼 팔방미인에 완벽한 여자여도, 못생긴 외간 여자의 샴푸 냄새에 가슴 떨리는 게 남자야."

남성이여, 곁에서 나를 돌봐주고 응원하고 사랑해주는 아내와 연인이 있기에 당신이 안정감 있게 당당하게 살고 계시다는 사실을 부디 가슴에 새겨주시길. 유행가 가사처럼 "있을 때 잘해, 후회하지 말고!"

✳
아내에게 쉼을 주는 그대,
진짜 스타일 난다

: 말로만 말고, 진짜 배려하는 사람

"남의 흉한 일을 민망히 여기고, 남의 좋은 일은 기쁘게 여기며,
남이 위급할 때는 건져주고, 남의 위태함을 구해주라."

• 〈명심보감〉 •

해마다 7월 말~8월 초면 대개 주고받는 인사가 "휴가 언제 가세요?", "어디로 가세요?"이다. 아이가 있는 가정은 "애들 방학 때 어디로 놀러 가세요?"라는 질문을 주고받는다. 나처럼 결혼 안 한 처자야 일에 맞춰서 휴가를 짜기도 하고 포기도 하면서 편하게 움직인다지만, 결혼한 여자는 어찌 그럴 수 있겠는가. 설혹 개인적인 일이 있어도 남편의 휴가와 아이의 방학에 맞춰 휴가 계획을 짜야 하는 상황이 대부분이다. 아내이자 엄마의 측면에서 보면 말이 좋아 휴가지, 가족의 즐거움을 위해 오히려 다른 때보다 챙길 게 많아서 더 고생스럽게 희생해야 하는 때가 바로 이 휴가 아닌 휴가, 가족여행이다.

역시, 속초로 여행을 떠났을 때의 일이다. 콘도미니엄에 여장을 풀

기 무섭게 조카들은 수영장으로 직행하고 어른들은 주위를 산책했다. 짧은 일정에 맞춰 속초의 별미와 볼거리를 이리저리 찾아다닌 뒤 숙소로 돌아와 엘리베이터를 타려는데, 짐을 한 보따리 들고 엘리베이터 쪽으로 오는 일가족이 눈에 띄었다. 남자들은 선심이나 쓰는 양 식당에서나 쓸 법한 엄청난 크기의 아이스박스와, 각종 먹을거리와 재료를 담은 상자 등을 들어 날랐고, 시어머니(혹은 친정어머니)와 며느리(혹은 딸), 이렇게 2대에 이르는 여인들은 다음날 아침 식사 준비를 위한 이야기로 대화를 쉴 줄 몰랐다. 아, 여자들은 어디를 가나 가족의 식사 준비 걱정에서 해방될 수 없다는 말인가…! 심지어 여행지에서조차….

안타깝고 속상한 마음을 뒤로하고 그렇게 휴가를 보내고 휴가 마지막 날 아침 뷔페식당에서 식사를 해결한 뒤 산책을 마치고 숙소로 들어가는데, 엄마와 함께 숙소로 가던 세 살 정도 된 남자아이가 어리지만, 제법 또렷하게 말했다.

"엄마, 왜 지금 수영장 못 가는데?"

"응, 엄마는 올라가서 아빠랑 식구들 점심 준비해야 하고, 다들 먹고 나면 치우고 수영복 가지고 내려와야 해. 너 먼저 수영복 가지고 아빠랑 내려가."

여행지에 와서까지 육아며 음식 담당에서 여전히 벗어나지 못하는 엄마의 운명이란….

물론, 아내가 전업주부이든 맞벌이든 간에 바깥일을 하는 남편의 수고로움과 고단함 또한 이보다 못하지 않다는 사실을 잘 안다. 하지만 기왕 가족과 함께 휴가 여행을 즐기기로 큰마음 먹었다면, 이벤트처럼 하루쯤 아내를 부엌에서 해방시켜주면 아내가 얼마나 행복해할까? 아내를 위해 배려하는 남편의 모습은 또 얼마나 아름다워 보일까?

남자의 사소한 마음 씀씀이에 감동하는 게 여자가 아니던가. 꼭 비싼 음식점에 가서 비싼 요리를 먹어야 스타일이 나는 건 아니다. 작은 행동 하나에도 감동하고, 작은 표현 하나도 두고두고 기억하는 게 여성이다. 아내 역시 여성 아닌가. 만약, 휴가를 가서 아내를 위해 하루만이라도 헌신 아닌 헌신을 한다면, 1년 중에 남은 몇 달이 두고두고 편할 것이다. 쳇바퀴 도는 일상에 지치고 허무함과 허탈함에 젖어 있을 소중한 아내에게 단 하루의 꿈 같은 해방감은 한 해의 절반을 보낼 수 있는 조그마한 원동력이 될 수도 있음을 마음 질박(質朴)한 남정네들이 좀 헤아려주었으면 한다.

사랑의 필수조건은
뭐니뭐니해도 속궁합!

: 마음이 찰떡같이 통(通)하는 사람

우리는 보통 속궁합 하면 '19금(각종 매체를 통해 통상 19세 미만이 시청하기에 부적절한 내용)'이라는 단어와 함께 그와 관련된 이미지를 먼저 떠올린다. 속궁합이라는 이야기가 등장하면 벌써 각자 머릿속에는 야한 이미지부터 떠오르고, 각종 야한 상상부터 하니 고정관념이라는 게 얼마나 무서운가? 나 백현주는 지금, 속궁합(신랑과 신부가 성관계를 맺을 때의 만족도나 이상 유무를 속되게 이르는 말)의 고정관념에 익숙해진 분들에게 속궁합의 진수를 이야기하고 싶다. 찰떡 속궁합을 가진 사람의 일화를 통해서 진정한 속궁합이 무엇인지 알려주기를 원한다.

성격이 화통하고, 주위 사람을 아우르는 프리랜서 A는 늘 인기 만점으로, 정말 남 부러울 것 없는 40대 중반의 주부이다. 대학생 딸과 약간 늦둥이 초등학생 아들, 그리고 잘나가는 직장인 남편을 둔 그녀는 자식과 자기 일에 열정을 다하는 모습이 퍽 인상적이다. 그런데 얼마 전에 그녀에게서 생각지도 못한, 희한한 이야기를 듣게 되었다. 그녀는 현재 남편과의 관계에서 동정녀 마리아에 가까운 생활을 하고 있다고 했다. 둘째를 낳은 뒤에 산후 조리하는 과정에서 남편과 자연스럽게 각방을 쓰기 시작한 것이 지금까지 이어졌다고 했다. 그러면서도 바람을 피운다거나 다른 남자를 꿈꾸지도 않고 평범한 주부처럼 살아간다고 고백하는 모습이 한편으론 신기해 보였다. 대화를 나누다가, 예전에 그녀가 했던 이야기가 떠올라서 한마디 툭 던져봤다.

"A씨! 결혼 무렵에 뱃속에 생긴 아이가 혼수품이었다면서요? 그럼 혹시 사랑 없이 결혼한 거예요?"

"아니, 사랑했으니까 애를 가졌겠죠? 사실 애 아빠 사귀기 전에 몇 년 사귄 남자친구가 있기는 했었어요."

수년이나 사귀었던 옛 남자친구와 헤어진 이유가 궁금했다.

"아, 헤어진 이유요? 실은 남자친구가 한눈을 팔았죠. 그것도 나랑 잘 아는 동생이랑요. 군대 3년도 고무신 거꾸로 안 신고 잘 기다렸고, 서로 정말 잘 통하는 사이였는데…. 요즘은 잠깐씩 한눈팔아도 이해하고 받아준다는데, 그때 우리 세대에는 그런 게 안 통했어요. 내가 잘 아는 동생이랑 한눈판 사실을 그대로 받아들이기엔 너무 어려웠죠."

오랜 시간에 걸쳐 가족 같은 믿음으로 열정을 나눴던 연인의 외도에 충격받은 그녀가 홧김에 만난 남자가 지금의 남편이 되었다고 한다.

그러던 어느 날, 외국의 한 공항에서 차로 마중해줄 사람을 기다리던 A는 잡지를 보다가 낯익은 목소리를 듣고 설마 하며 고개를 들었다. 순간, 그녀는 깜짝 놀랐다. 자신이 영화 속 주인공이나 된 것처럼 첫사랑과 눈이 딱 마주친 것이다. 20년 만이었다. 그동안 아주 이따금씩 근황만 전해 들었을 뿐이었다.

운명적인 재회였을까…. 이미 그 나라에서 10년이 넘게 사업해온 첫사랑 B는 사업가로 현지에서 입지를 굳힌 상태였고, 그와 재회한 A는 이제 막 그 나라에서 비즈니스를 시작한 햇병아리였다. 재회 이후에 두 사람은 서로의 일에 조언을 아끼지 않고 자주 소통하며 소위 말하는 베스트 프렌드, '베프'가 되었다.

한때는 서로 한없이 그리워하고, 상처로 아파하기도 하고, 떨어져 있으면 보고 싶어 못 견뎌 했던 지나간 옛 연인과 20년 만에 우연한 재회라니…. 정말 꿈만 같지 않은가. 게다가 과거의 연인에서 현재는 사업 동반자로 관계를 발전해 가다니. 나라면…, 어떨까…? 이런 상황이 나에게 똑같이 생겼다면, 아니, 생긴다면 어떻게 대처할까…?

남편과도 소원한 마당에, 오랜 세월 절절했던 과거의 연인과 사업 상대로 함께 일하는 과정에서 둘 사이에 혹시 옛 감정이 되살아나지 말라는 보장이 없을 것 같은 미심쩍은 생각이 들어 그녀의 감정을 슬쩍 떠봤다.

"B와 다시 사랑하고 싶은 그런…, 연애 감정은 안 생기세요?

"아무리 애들 아빠랑 각방을 써도 그건 내 성적인 취향인 거고 성적인 의지가 남들보다 덜하다는 것뿐이지, 다른 남자에게 성적인 욕구를 느낀다거나 첫사랑을 만났다고 해서 성적 욕구가 샘솟거나 하지는 않아요. 과거에 연인이었어도 친구가 될 수 있고요."

"에이, 어떻게 그게 가능해요?"

"가능해요. 우리 애들도 다 알아요, 첫사랑이랑 재회한 사실도 알고, 외국에서 하는 사업에 그분이 많이 조언해주고, 좋은 분들을 소개해주는 것도요. 제 생각엔 이런 게 진정한 속궁합이 아닐까 싶기도 해요."

"네?? 속궁합이요? 그게 무슨 말이래요?"

"제가 부부로 살아보니까 단순히 침대에서 맺는 남녀 관계가 속궁합이 아니에요. '마음이 진짜 잘 통하고, 정신적으로 교감하는 편한 사이'가 '속궁합이 제대로 맞는 사이'인 거죠, 친구로서. 그 친구랑 인연은 인연인가 봐요. 여고 동창처럼 편안하게 남편 걱정이나 애들 이야기도 스스럼없이 나누는 걸 보면…"

그렇게, 그들은 20년 만에 '연인'에서 '인연'으로 관계가 달라졌다. 우리는 왜 속궁합이라고 하면 으레 육체적인 사랑만을 떠올리는 걸까? 그래서 솔직히 나도 처음엔, 옛 연인을 대상으로 속궁합 어쩌고 하는 A의 이야기가 어쩐지 거북했다. 그러다가 어느 날, 깨달았다. A가 말하는 속궁합은 찰떡같이 서로 딱 달라붙는, 마음이 아주 잘 통하는 '마음속 궁합'이라는 사실을.

그리고 내가 이 책을 통해서 이야기하는 '사람 속 사람 찾기' 중에 내가 찾는 그 한 사람이 바로 '나와 속궁합이 아주 잘 맞는 사람'이다. 그가 남자이건 여자이건 그건 중요하지 않다. 그저 그와 속내를 모두 털어놓고 서로 의지가 되며 서로가 삶의 의미가 되는 관계이면 그것으로 충분하다. 내가 이 세상에서 끝까지 믿을 수 있는 마지막 남은 단 한 사람이 있다면, 그 사람은 바로 나와 속궁합이 가장 잘 맞는 상대일 것이다.

만남은 소중하다!
만남이 진정한 희망이고,
힐링인 것이다.
처음부터 사람이 혼자서도
잘 살 수 있는 존재로 지어졌다면,
인류사에 만남과 역사는
존재하지 않았을 것이다.
우리는 다 소중하게 지음 받은 존재이고
각자에게 모두 태어난 이유가
분명히 있는 존재이다.
사람이기에 부족하고,
실수하고, 변할 수 있다.
하지만 우리는 모두 귀하디귀한
존재이기에 서로를 소중히 여기며
인연의 끈을 더욱 단단하게
붙잡아 매어야 한다.
타인의 상처와 아픔을 외면하지 말고
보듬고, 쓸어주며, 더불어 살아가자.
이 땅에서 회복되지 않을 인생은 없고,
소중하지 않은 인생은 단 한 명도 없다.
숨가쁜 일상을 살아내느라
잃어버린 당신과 당신의 마음을 찾아
떠나라! 사람 속에서 진짜 '사람'을
만나는 아름다운 여행을 이제 시작하라!

Silence III _ 100×50cm _ acrylic on canvas

희망 힐링으로 잃어버린 마음 찾기

어떤 그릇에나 담을 수 있는 물처럼, 마음을 열어라

: 나를 비우고, 휴식 같은 친구가 되려는 사람

> "사람들은 누구나 친구의 품 안에서 휴식을 구한다.
> 그곳에서라면 우리는 가슴을 열고 마음껏 슬픔을 털어놓을 수 있기 때문이다."
>
> • 괴테 •

    핵가족 시대를 뛰어넘어 독신과 독거노인 인구가 해마다 늘어나고 있다. 어딜 가나 볼거리가 풍성한 영상미디어 시대인 데다가 학교나 학원에 가지 않고도 인터넷으로 강의를 듣는 등 컴퓨터가 일상화되고, 비록 크기는 손바닥만한데도 그 이름값을 다하는 다양한 기능을 갖춘 최첨단 스마트폰 시대가 열리면서 집에서든 밖에서든 심지어 이동하면서까지 업무처리가 가능해지고, 각종 게임에 스마트폰용 다양한 응용 프로그램까지 넘쳐나서 도무지 심심할 겨를이 없는 게 요즘의 우리 일상이다. 그렇다 보니, 우리는 점점 무언가를 혼자 하는 생활에 익숙해져 간다. 아니, 오히려 함께보다 혼자가 더 편하게 느껴진다. 예전에는 혼자 식당에서 밥을 먹거나 카페에서 차를 마시면, 혹시 식당에 온 사람들이 나를 왕따로 보지는 않을까 어떻게 생각할까를 괜히 의식하며 신경 쓰고 불편했지만, 이제는 혼자 밥 먹고 차 마시는 상황이 오히려 익숙하고 편하다. 대학가 주변 카페에서 쌓아둔 책을 펼쳐가며 노트북으로 혼자 과제를 하거나 이어폰으로 음악을 들으며 무언가에 몰입하는 학생들의 모습은 이제 흔하게 보는 풍경이다. 또 약속이 있든 없든 커피 한 잔 시켜놓고, 혼자 스마트폰으로 무언가를 열심히 검색하는 사람도 자주 볼 수 있다.

요즘 사회가 사람과 사람이 굳이 만나지 않고서도 업무 처리가 가능한 세상이 되면서 우리는 테이블을 사이에 두고 마주앉아 나누는 대화나 미팅보다, 컴퓨터로 하는 채팅이나 화상 회의 등을 더 편하게 여기고, 때로는 하고 싶은 말을 더 서슴지 않고 하기도 한다. 그런데 채팅으로는 못하는 이야기가 없을 정도로 속 시원하게 대화했던 사이인데도 막상 오프라인으로 만나면 어색했던 경험이 한두 번은 있을 것이다. 생활 대부분을 눈과 손가락에 의존하는 디지털 세상이 되다 보니, 말로 하는 일이 어색해지고, 정(情)으로 소통하는 게 점점 먼 얘기가 되고 있다. 인간의 사람 '人(인)' 자가 무엇인가. 사람과 사람, 이 두 사람이 기대어 서 있는 모습을 본뜬 글자가 아니던가. 그런데 우리는 어째서 점점 혼자에 익숙해져 가는 것일까?

각 분야에서 소위 성공했다는 사람들을 둘러보자. 방송 프로그램이나 인터뷰를 통해 보면 성공한 사람 주위에는 유독 사람이 많다. 그를 둘러싼 적지 않은 수가, 단지 그와 알고 지내는 지인 정도에서 그치지 않고, 정이 오고 가는, 관계가 깊은 사이다. 풀어 말하면, 오랜 시간 우정을 나눈 사이거나 일로 만나도 끈끈한 동료애를 나누는 사이다. 즉 성공한 사람들은 인간관계에서 누구 하나 소홀하게 대하지 않으려고 애쓰는 편이다. 그래서 인간관계의 대부분이 소중하고 끈끈하게 이어진다. 이처럼 사람을 귀하게 여기는 자세, 그것이 바로 그들이 성공한 원천이 아닐까.

인생의 굴곡은 바이오리듬과 같아서, 언제나 내리막길에서 바닥만 긁지 않는다. 좌절하지 않고 끊임없이 자기의 의지를 붙잡는 사람에게는 말이다. 만일 내가 여전히 인생 그래프의 하위에 점을 찍으며 바닥을 치고 있다면, 진정한 사람을 찾기에 아주 좋은 때이다. 나를 진심으로 걱정하고 응원해주는 사람만이 내 곁에 머물고 있을 테니까. 잘 나가다가 실패를 경험한 사람 주위에도 하루아침에 사람이 없기는 마찬가지이다. 그래도 끝까지 곁에 남아 있는 누군가가 있다면 그는 평생 가고도 남을 진정한 '지기지우(知己之友)'이다. 그 정도 의리면 피를 나누지 않았을 뿐, 진정한 가족이 아니겠는가.

방송가에서는 '미친 인맥'이라는 표현을 가끔 사용한다. 믿기지 않을 만큼 많은 사람과 깊고 넓게 교제하는 사람을 일컫는 말인데, 그들 대부분이 자신을 열고 상대를 잘 품는 큰 그릇인 경우가 많다(여기에서는 대인관계와 관련해서만 언급하겠다).

열 살 연하의 재일교포 승무원과 결혼식을 올리고 행복한 결혼 생활을 꾸려가고 있는 매니저 출신 방송인 J가 결혼을 앞둔 당시 방송가 사람과 비방송인, 친인척을 위해 두 가지 버전으로 청첩장을 제작하고 게다가 무려 1,300장을 찍었다고 해서 그의 폭넓은 인맥과 인간관계가 다시 화제가 된 바 있다. 그보다 앞서 결혼한 개그맨 출신 국민 MC Y와 허스키한 목소리로 성공 가도를 달렸던 P 또한 휴대폰에 저장한 지인의 연락처 개수가 무려 1,000개가 넘는다고 해서 그 또한 이슈가 되었는데, 두 사람 모두 방송 분야에서 오랜 시간 일인자의 자리를 지키고 있으면서도 자만하지 않고 인연을 소중히 지켜가는 것으로 굉장히 유명하다.

'인연'이라는 것은 우리의 삶을 즐겁고 윤택하게 한다. 힘들어도 살 맛을 느끼게 하는 것이 바로 사람의 힘이다. 어디 그뿐이랴. 오랜 시간 깊이 있는 관계를 지속해 온 인연이 나를 발전시키는 원동력이 되어주기도 한다.

16세기 프랑스의 철학자이자 대문호 몽테뉴는 지금까지도 명서로 전해오는 〈수상록(Essais, 에세의 한국식 번역 표현. 1580년 작품)〉의 저자이기도 하다. 그가 〈에세〉라는 새로운 장르를 개척할 수 있었던 힘은 절친한 친구 덕분이었다. 몽테뉴에게는, 동성애가 금기시되었던 르네상스 시대에 동성애 논란을 불러일으킬 만큼 가깝게 지낸 절친이 한 명 있었다. 몽테뉴가 고등법원에 근무하던 시절 만났던 '라보에시'라는 청년이다. 몽테뉴와 라보에시는 편지로 소통하며 철학과 문학적 소양을 주고받기도 했다. 두 사람은, 당시 창궐했던 흑사병으로 라보에시가 먼저 세상을 떠나서 오랜 시간 우정을 나눌 수는 없었다. 몽테뉴는 절친한 친구를 잃은 아픔과 슬픔을 극복하는 과정에서 철학적으로나 문학적으로 더 단단해질 수 있었다.

라보에시의 죽음에 뼈가 깎이는 듯한 아픔을 느꼈지만 몽테뉴는 방황하지 않고, 오히려 그 사건을 계기로 자신의 삶을 더 다지며 살아가는 법을 찾았고, 그 길이 바로 글쓰기였다. 친구의 서고를 정리하고, 친구에 관한 이야기를 쓰면서 원어인 프랑스식 발음으로 〈에세〉라는 새로운 장르의 문학서가 탄생되었고, 그만의 철학적 묘책이 그 속에 집결될 수 있었다.

혹시 주위에 사람이 없다면 혼자 등 돌린 채 앉아있지 말고 먼저 마음을 열고 다가가자. 나는 물이고, 사람들은 그릇이라고 생각하면서, 내가 만난 수많은 그릇의 크기와 모양에 맞춰 나를 담자. 나를 비우고 그가 되어보자.

※

속도의 차이일 뿐,
회복되지 않는 인생은 없다

: 맘대로 쓴 시나리오로 남의 인생을 속단하지 않는 사람

"제비 한 마리가 왔다고 여름이 되는 것은 아니다."
: 하나의 정황만을 보고 속단하지 말라는 뜻
• 아리스토텔레스 •

　우리는 주위에서 인생 반전을 종종 목격하며 산다. 말이 좋아 극적인 인생, 인생 역전이지 사실 성공을 이루기까지 당사자는 얼마나 힘겹게 자신과의 싸움을 계속해야 했을까. 타인의 일이라고 그 삶의 무게나 고통을 가벼이 치부하지 말자. 소소한 친구들과 오해만 생겨도 우리가 겪는 고통은 말로 다 형용하기 어렵다. 오해가 쌓일수록 고통의 크기는 더욱 커진다. 오해가 풀릴 때까지 빠져나갈 구멍은 없고, 좌불안석이다. 급기야는 하얀 것을 하얗다고, 검은 것을 검다고 진실을 이야기해도 일단 관계가 오해로 맺어지면 그들은 무조건 나와 반대편에서 의심부터 하는 단계에 이른다. 내 잘못이든 남의 잘못 때문이든, 일단 오해를 받기 시작하면 어느새 거짓이 진실이 되어 세상은

사실을 알려고도 하지 않고 모두 색안경부터 끼고 상황을 왜곡해서 본다. 색안경을 끼고 본 이미지가 나의 실제 이미지인 양 포장되어 편견을 만든다. 파괴적인 힘을 가진 '편견'이란 놈은 결국 미래의 운명까지도 결정짓는다.

세계가 P의 '강남스타일'에 열광하며 들썩였다. 이 노래를 처음 듣고 나는, 김건모의 '잘못된 만남' 이후 파격적인 파급력을 지닌 노래라 평했었다. 그렇다고 해도 '강남스타일'이 세계 스타일이 될 거라고는 전혀 예상하지 못했다. '강남스타일'은 등장하자마자 대한민국을 강타하고, 미국, 호주, 유럽 등 세계 각지에서 선풍적인 인기를 끌면서 말춤을 전 세계에 유행시키고 가수 P의 입지를 월드스타의 반열에 올려놓았다. 게다가, 수년 전부터 세계 음악을 주도하던 K-POP의 중심을, 과거 아이돌에서 이제는 중견 가수에까지 확대하는 기념비적인 일을 하나하나 만들어냈다.

'강남스타일'이 전 세계인의 노래가 되리라는 예상은 둘째 치고, 이 노래의 주인공인 P가 지금의 K-POP 리더가 될 거라고 예상한 사람이 과연 얼마나 될까?

데뷔 당시, 독특한 콘셉트의 안무와 노래 스타일, 어딘가 희한한 외모와 옷차림은 장안의 화제였다. 하지만 이후 대마초 사건에 연루되면서 그의 인생은 처음으로 위기에 놓였다. 그에게 가장 치명적인 사건은 병역문제였다. 문제 해결을 위해 현역으로 군에 재입소할 당시 가수로서 P의 운명은 장담하기 힘들었다. 제대 후 복귀하더라도 그가 재기에 성공할 수 있을 거라고 낙관하는 사람은 많지 않았다. 기혼자에, 나이도 좀 있었고, 사회적인 물의를 빚었던 터여서 절대 쉽지 않을 거라는 판단이 절대적이었다.

그러나 세상살이는 예측불허의 일이 많기에 살아볼 만하다는 말이 있듯이 P는 세상의 편견을 딛고 한국 대중가요의 새로운 장을 연 장본인이 되었다. 물론, 이런 결과가 있기까지 혼자만이 겪은 말 못할 고충과 번민의 시간이 있었을 것이다. 하지만 그는 자신과 싸운 시간을 통해 성장했고, 결국 편견과 속단이라는 세상과의 싸움에서 이겨냈기에 그의 성공은 더더욱 값진 평을 받게 된 것 아닐까.

한편 잘나가던 스타를 하루아침에 몰락시키는 사건 가운데 하나가 바로 여자 스타들의 비디오 사건이다. '누가 외국에 나가서 무슨 촬영을 했는데 수위가 어떻다더라'부터 시작해서 '누가 찍힌 건 검찰에 있다더라. 조사하고 있다더라' 등 소문에 소문이 꼬리를 물며 연예가를 휩쓸기도 했고, 유명 여자 연예인의 성관계 비디오가 사실로 밝혀져서 충격을 준 사례도 있었다. 이런 비디오 사건은 스타로서는 물론, 한 여자로서도 매우 치명적인 일이다. 그런데 사실 이것은 연예인 당사자가 아닌 상대방의 비도덕적이고 비인간적인 판단에서 저질러지는 것임에도 불구하고 세상은 모든 질타를 비디오 속의 그녀들에게 돌렸다. 다시는 연예인으로서 재기할 수 없고, 일반인의 자격으로도 이 땅에서 발붙이고 살기조차 어려울 정도로 세상은 그녀들에게 몰매를 던졌다.

그녀들은 숨만 쉴 뿐 거의 죽은 사람이나 다름없이 사회에서 매장당한 인생으로 기약없는 시간을 보내야만 했다. 하지만 그 사이 세상의 가치관이나 시각이 조금씩 바뀌었고, 세상이 누구를, 무엇을 질타해야 하는가를 재조명하는 움직임이 이는 듯했다. 그리고 절대 회복 불가능할 거라고 단정지었던 그녀들은 이제 자신들에게 새겨진 주홍글씨를 지우고, 스타로서의 재기에도 성공해 활발하게 활동하고 있다. 가끔 토크쇼에 나와 자신이 보낸 고통과 상처의 시간을 되새기며 눈물짓는 그녀들을 보면, 그녀들을 욕하고 손가락질하며 함부로 얘기했던 사람들이 조금이나마 반성했으면 하는 마음이 들기도 한다.

'인생사 새옹지마'라는 말이 있듯이 인생은 그 누구도 단정을 지을 수 없다. 이런 진리 앞에서 숙연하고 겸손해야 할 우리가, 도리어 한껏 콧대만 세우며 누군가에게 상처를 주고 내 마음대로 남의 인생을 속단하지는 않았는지 되돌아봐야겠다. 혼자서는 절대 걷지 못하는 이 세상 속에서 절망을 만나면 위로의 밥을, 희망을 만나면 기쁨의 밥을 누군가와 함께 나누어 먹기 위해서 말이다.

등쳐 먹는 세상에도
뒤통수치지 않기
: 세상과의 심리전과 욕망의 널뛰기에서 이기는 사람

> "군자는 의리에 밝고, 소인은 이익에 밝다."
> • 윌리엄 셰익스피어 •

자고로, 많은 사람이 돈과 명예를 추구하고 출세욕을 불태우며 청춘을 보낸다. 인생은 성공을 향한 욕망의 널뛰기를 하며 오르락내리락한다. 어떤 때는 하는 일마다 승승장구요, 내뱉는 말마다 호응을 얻어 큰 성공을 거두게 되고, 어떤 때는 하는 일마다 줄줄이 사탕처럼 실패하고 말마다 입방아에 올라 곤욕을 치르기도 한다. 가끔 우리는 출세가도를 달리다가 혹은 인기 절정에 있다가 하루아침에 세상에서 외면받는 사람들의 이야기를 접한다. 정치계와 연루되어 비자금 문제로 쇠고랑을 찬 기업인들, 평생 자기 관리를 철저히 하고 엘리트의 세계에서도 극 엘리트층이었던 사람들이 추문에 휘말려 평생 이뤄온 모든 것을 잃어버리는 경우도 종종 본다(C회장, P와 H그룹 사건, B스캔들,

S스캔들 등의 주인공이 그랬다).

　미성년자 성폭행 논란으로 경찰과 검찰의 조사를 받게 된 방송인 K의 이야기가 소위 잘나갈 때와 못나갈 때에 주변 사람이 어떻게 반응하는지를 비교하기에 좋은 예가 될 듯하다. K는 1990년대 최고 인기 그룹의 멤버로서 여기저기에서 러브콜을 받아 동시에 많은 프로그램에 출연하며 인기 방송인으로서 맹활약했다. 그러나 사건이 터진 후에는 평소 그와 잘 지냈던 사람들, 또 멀리서나마 간간이 안부를 주고받던 사람들도 그와 안다는 사실조차 언급을 꺼리는 분위기가 되었다.

　세상 이치가 참 그렇다. 슬프지만, 누구든 잘나간다 싶을 때는 주위에 사람이 넘쳐난다. 하루종일 약속이 끊이지 않고, 사무실은 찾아오는 사람으로 늘 북적거리고, 전화와 문자가 한밤중까지 이어진다. 명절만 되면 여기저기서 나를 찾아 안부를 묻고 어떻게든 차 한 잔이라도 함께하려는 따뜻한 인간애의 의지를 보여준다. 그랬던 사람들이라고 해도 그 상대가 잠시라도 슬럼프를 겪는다거나, 어떤 계기가 있어 내리막길을 걷게 되면 야속하리만큼 연락도 뚝 끊어버리고 더는 그를 찾지 않는다. 소위 잘나가던 시절, 주위에 사람이 많은 게 당연하고 연락이 몰리는 게 자연스럽다고 생각한 사람일수록 힘든 시기를 보낼 때에는 세상의 외면에 더더욱 상처와 충격을 크게 받는다. 따뜻한 세상을 꿈꾼다고 말하는 사람들이 하나같이 행동은 어쩜 그리 냉혹한지.

　아예 잘나간 시절을 경험조차 못 해본 사람들은 뒤통수 맞고, 소외당하고, 상처받는 게 생활이라고도 한다. 내가 아는 영화감독 A는 꿍

장히 머리가 뛰어나고 예술 감각이 탁월한 사람이다. 몇 년 전, 오랜 충무로 조감독 생활 끝에 공포영화로 입봉하며 감독이 되었지만, 지금까지 후속작을 만들 기회를 잡지 못했다. 정말 많은 선배와 영화계 사람들과 작업을 해왔고, 그 가운데는 거의 후속작을 맡기 일보 직전의 상황들도 있었다.

한번은 그와 오랜만에 차 한 잔을 하게 되었다. 24시간 카페에 앉아 동이 트도록 이런저런 이야기를 나누었다. 유명한 제작자인 선배가 대규모 프로젝트의 영화 메가폰을 잡을 기회를 주겠다고 해서 당시에 시나리오 작업을 하고 있노라고 했다. 영화에 대한 열정 하나로만 살아온 그이기에 그 무렵 생활이 어려웠을 거라는 사실은 다들 짐작할 수 있을 것이다. 여러 가지 힘겨운 상황의 연속이었지만, 큰 프로젝트의 영화를 맡게 되었다는 자긍심에 벅차하던 그의 모습이 지금도 눈에 선하다. A감독은 신선한 아이디어와 독특한 필치로 정말 열심히 각본 작업을 했다. 하지만 결국 그는 그 영화의 메가폰을 잡지 못했다. 그 당시 여름 내내 밤잠 쪼개가며 시나리오 작업에 매달렸지만, 결국 그는 뒤통수를 맞았다. A는 영화판에서 그런 비슷한 경험을 이미 여러 차례 겪었다고 했다. 물론 수도 없이 좌절했겠지만, 더는 허송세월을 보낼 수 없다며 대학원에 진학했고, 영화에 관한 전문 지식을 더 쌓으며 영화를 향한 열정을 끊임없이 불태우고 있다.

일이 안 되고, 사람들에게 무시당하고, 소외당하다 보니 은연중에 자격지심이 쌓였을 것이다. 용기 내라, 다시 일어나라고 격려해도 정작 당사자는 그 말을 받아들이기가 얼마나 어려울까. 아무리 옆에서 위로한다 해도 결국, 내 안에 있는 또 다른 나와 싸울 수밖에 없는 상황이다. 자신과의 심리전에서 이기지 못하면, 사람에게서 받은 상처를 감당할 길이 없다. 누구에게나 그 사람의 '때'라는 것이 있다. 사람은 누구나 살아가면서 크고 작은 기회를 세 번 맞이한다는 말도 있듯이.

육상이나 수영 대회를 보면 출발은 동시에 하더라도 도착은 다 제각각이다. 누가 먼저냐 나중이냐의 차이일 뿐, 결국에는 일등에서 꼴등까지 누구나 마지막 종착점에 다다른다. 꼴찌가 되더라도 이유 있는 꼴찌가 되어야 하고, 당당해야 한다. 또한 내 곁의 누군가가 못나고 가진 게 없고, 배움이 부족하다 해도 그를 향해 선입견을 품어서는 안 된다. 상처는 주는 쪽도 받는 쪽도 다 아프기 때문이다. 사람은 누구나 상처를 주는 사람도 받는 사람도 될 수 있다. 내가 잘나갈 때는 주위에 사람이 많지만, 슬럼프를 겪을 때는 그 많던 사람이 나도 모르게 자취를 감춘다는 사실을 미리 알아두자. 있는 그대로의 모습으로 나를 보여주고 상대를 대하자. 상대의 지위나 부를 염두에 두고 대인관계를 하지 말자는 이야기이다. 또한 외부에 흔들리지 말고 내 안의 또 다른 나와의 심리전에서 이기자. 상처의 극복은 결국 나 자신을 이길 때라야 가능한 것이다.

자유를 원하는가?
미움부터 내려놓아라

: 용서로 마음에 묶인 족쇄를 푸는 사람

> "남을 용서하지 못하는 사람은 자신이 건너야 할 다리를 부수는 것이다."
> • 조지 허버트 •

미움은 무관심에서는 절대 나올 수 없는 감정이다. 사람의 감정 중에서 사랑에서 비롯된, 미움이라는 감정만큼 사람을 어렵고 불편하게하는 것이 또 있을까? 경우에 따라서 사랑은 미움의 선조뻘인 셈이다. 지독한 미움은, 사랑에서 출발한 관계를 전제로 할 때가 많기 때문이다. 상대에게 배신감이나 실망을 느끼면 사랑은 어느새 미움으로 돌아선다. 누군가를 미워하면 미움을 받는 상대도 괴롭지만, 상대를 저주하고 괴롭히는 나 자신도 그 못지않게 괴롭다. 일상의 창의적 사고 활동은 물론이고 먹고 자는 일조차 어려움이 생긴다. 산해진미를 놓고도 입안이 껄끄럽고, 매사에 집중하기도 어렵다. 온통 미움이라는 감정에 사로잡혔기 때문이다. 일단 마음속에 미움이 싹트면 그 다음부터는 속수무책으로 자라기 시작한다. 나쁜 생각이 꼬리에 꼬리를 물고 새끼를 치며, 그 생각과 감정에 붙들려 도저히 빠져나올 수 없게 된다. 그야말로 눈을 뜨고 감는 순간까지 하루종일, 미움에게 족쇄가 채워진 채 살아야 한다. 그렇게 속박된 인생은 자유롭지 못하다. 결단이 필요하다. 누군가에게 상처를 받았는가? 사람에게 받은 상처는 사람에 의해 치유된다. 치유자는 상처를 준 가해자거나 또 다른 새로운 인물일 수 있다. 상처를 준 사람을 마음으로 붙들고 있는가? 미움을 내려놓자. 그것만으로도 당신은 충분히 치유를 시작할 수 있다. 용서의 마음은 사람을 자유롭게 한다.

A와 B는 일터에서 만난 사이다. 공적인 일로 만났지만, 동갑내기라 나름 통하는 구석도 있다고 믿었다. 자주 연락하거나 만나지는 않았지만, 서로를 좋은 인상으로 기억했다. 적어도 1년에 한 번 이상은 연락하면서 지내다가, 몇 년 후 두 사람은 모임에서 우연히 다시 만났다. 늦게 집에 들어간 B가 걱정되어서 A는 그날 안부 문자를 넣었고, 그날의 만남을 계기로 둘은 친구에서 연인으로 발전했다. 그러다가 어느 날, A는 듣고 싶지도 알고 싶지도 않았던 B의 과거를 듣게 되었고, 그 일로 인해 두 사람은 갑자기 헤어지게 되었다.

이별 이후에 A는 배신감에 치를 떨었고, B는 힘들게 하루하루를 보냈다. 평소 외향적이고 밝은 성격의 A지만, B를 미워하는 감정에 사로잡히더니 급기야 건강에도 이상이 찾아왔다. 상황을 알 리 없는 의사는 스트레스를 줄이라고 조언했지만, '미움'이나 '증오'라는 게 어디 그렇게 마음에서 쉽게 도려내지는 감정이던가. 4개월 후, A는 불면증에 위장장애에, 건강은 물론 일상까지 모두 엉망이 되어 수습불가 상태에 직면했다. 그대로는 도저히 살 수 없었다.

그녀는 살기 위해, 그를 마음에서 내려놓기 위해, 두 번 다시 보지 않으리라 마음먹었던 B와 연락했다. 증오라는 감정에 사로잡혀 마음의 자유를 잃고 싶지 않았기 때문에 더는 B의 실수나 잘못을 마음에 두지 않기로 했던 것. 대화를 나누는 과정에서 다행히 B에 대한 오해와 불신 또한 마음에서 하나 둘 삭제해갔다. 쇠약할 대로 쇠약해진 A는 자신이 살기 위해 그의 이야기를 들었고, 마음의 문과 귀를 연 그날부터 차츰 육신의 건강을 회복해가기 시작했다. 그렇게, 미움이라는 감정에 묶여 있던 마음이 자유로워지면서 그녀는 건강을 되찾을 수 있었다.

보기랑은 달라 ─
'반전'이라는 히든카드

: 일 잘하는 완벽주의자보다 빈틈 있는 허당으로 사랑받는 사람

> "잘못은 인간에게만 있다. 인간에게 있어서 잘못은 자기 자신이나 타인 사물에의 올바른 관계를
> 찾아내지 않은 데서 비롯된다. 잘못이나 허물은 일식이나 월식과 같아서 평소에도 그 모습을
> 나타내고 있으나 보이지 않다가 비로소 그것을 고치면 모두가 우러러보는 하나의 신비한 현상이 된다."
> • 괴테 •

    요즘 방송을 통해 대박 인기를 끄는 사람들에겐 한 가지 공통점이 있다. 겉모습에서 보이는 이미지나 대중이 생각하는 이미지와 전혀 다른, '반전 이미지'가 바로 그들이 인기 정점을 달리는 비결이었다.

    〈내 여자라니까〉라는 노래로 고교 시절 가수로 데뷔한 이후 노래와 연기활동을 병행하며 두 마리 토끼를 모두 잡은 L은 데뷔 무렵에 귀여운 외모와 달리 호소력 있는 음색 덕분에 가수로서 주목을 받다가 한 예능프로그램에 출연하면서 A급 스타로서 종횡무진으로 활동하고 있다. 자기보다 나이가 더 많은 선배와 어울려 게임도 하고, 이런저런 벌칙을 수행하는 모습에서 평소 자신의 성격과 태도가 방송을 통해 여과 없이 드러났다.

데뷔 초부터 그를 따라다녔던 수식어 중 하나는 모범생, 공부 잘한 청년, 똑똑한 사람이었다. 대중은 그를 똑똑하고 완벽한 청년으로 짐작했지만, 실제는 너무 다른 모습이었다. 시청자는 한 방송 프로그램을 통해 그들이 듣거나 생각해 온 L의 이미지와는 정반대의 모습을 보기 시작했다. 천진난만한 모습에 실수 연발인, 막내 동생같이 정겨운 모습은 시청자에게 웃음과 함께 훈훈함을 선물했다. 얼핏 듣기에는 무언가 부족하게 들리는 별명인 헛똑똑이라는 의미의 '허당'이라는 수식어가 붙으면서 어딘가 허점이 있는 '허당 L'의 입지는 더 단단해졌다.

연예인이라면 누구나 풀 메이크업(완벽한 분장)에 멋있는 모습으로 TV에 출연하고 싶을 것이다. 그런데 L의 경우, 통상의 틀을 깨고 일반인 출연자처럼 솔직하게 자신의 이면을 가감 없이 보여주었다. 대중이 기억하던 이미지와는 어딘가 다르게 빈틈이 있는 반전 이미지로 이슈가 되었고, 대중은 오히려 열광했다. 퀴즈 풀기나 벌칙 수행 과정에서 실수 연발인 스타의 일상은 편안한 모습으로 시청자에게 다가왔다.

사실 조금의 실수도 용납하지 않는 완벽주의는, 자신이 일을 문제 없이 잘 진행하고 있다는 사실을 보지 못한다. 남들은 괜찮다고 하는데도 강박관념에 사로잡혀 좀처럼 마음에 여유가 없고, 스스로 늘 부족하다고 생각해서 일에 더 열심을 내고 만족스럽지 않으면 짜증까지 낸다.

물론, 나 역시 '한번 실수는 병가지상사(전쟁하다 보면 한 번의 실수는 늘 있는 일이라는 뜻으로, 일에는 실수나 실패가 있을 수 있다는 말)'를 곧이 곧대로 믿는 낙천주의자는 절대로 아니다. 어찌 보면 나도 완벽주의에 가깝다. '완벽하게 해야 해. 나니까', '사람들이 기대하는 내 모습이 있으니까 제대로 해야 해'라며 스스로 늘 주문을 건다. 그러나 과거와 지금, 그 강박의 정도는 뚜렷하게 다르다. 집착에 가까울 정도로 실수 기피주의자였던 나는 실수하지 않으려고 24시간을 48시간처럼 알차게 사용할 정도로 나 자신에게 지나치게 닦달하는 타입이었다. 누가 봐도 일과 결혼한 사람이 맞았다. 그 결과, 특종기자 타이틀을 얻고, 방송인이 되었지만 어느 순간, 세월 가는 줄 모르고 오직 일에만 매달리는 나 자신을 발견했다. 완벽함에 대한 집착은 내 삶을 조금은 각박하게 만들었다. 그러나 돌이켜보면 실수는 나를 더 단단해지게 만드는 자극제였다. 실수한 경험을 교훈 삼아 일을 수행해내는 감각과 능력을 키우고 오늘처럼 성장할 수 있었으니까.

생방송 중에 남모르게 멘트를 건너뛰어 당황하기도 했고, 생중계 중에 제작진끼리 주고받는 비방송용 멘트를 했다가 깜짝 놀란 적도 있다. 방송 중에 단어가 떠오르지 않아 진땀을 뺐던 아슬아슬한 추억도 있다. 방송이 끝난 뒤에 혼자 가슴을 쓸어내리며, 두 번 다시 실수하지 않겠다고 다짐했던 기억 또한 있다. 생각해보면 아찔한 일도 더러 있었지만, 그때의 실수나 기억은 방송인으로서 갖추어야 할 자질과 해서는 안 될 것을 가려내 주는 좋은 경험이 되었고, 나 자신을 좀 더 다듬어진 방송인으로 만들어가는 좋은 재료가 되었다.

실수를 좋아하는 사람은 아무도 없다. 그러나 피하겠다고 마음먹는다고 해서 피할 수 있는 것도 아니다. 만일 실수를 했다면 깨끗이 인정하자. 자신의 실수를 피해 보기 위해서 남 탓, 환경 탓, 상황 탓하는 사람치고 일 잘하는 사람 못 봤고, 인격이 훌륭한 사람도 보지 못했다. 실수를 넘어 행여 실패한다고 해도 경제적 어려움만 아니라면 그 또한 좋은 교훈이 된다. 실수에 너무 매이지 마라. 실수 때문에 나든 남이든 냉혹하게 질책하지 마라. 완벽주의자가 될 필요는 없다. 현명하게, 순발력 있게 대처할 줄 알면 그뿐이다. 실수하면 좀 어떤가, 우리는 완벽한 사람보다 허점이 좀 있는 사람에게 더 인간미를 느낀다. 아픔을 겪어본 사람과 실수해본 사람이 세상을 더 품을 수 있다. 그런 사람이라야 인간이 얼마나 나약한 존재인지 체험으로 알기 때문이다.

척 보면, '압니다!'

: 진심을 주고 상대방의 진심을 읽어내는 사람

"말의 참된 용도는 진심을 말하는 데 있다."
• 프랑스 속담 •

'나도 내 마음을 잘 모르는데, 내가 네 마음을 어떻게 알겠니….'

옛 속담에 '열 길 물 속은 알아도 한 길 사람 속은 모른다'는 말이
있다. 사람의 마음은 그만큼 알기가 어렵다는 뜻이다. 우리는 친구 혹
은 동료와 다양한 이야기를 많이 나눈다. 그러나 대화한다고 해서 그
사람의 속을 다 알 수 있는 건 아니다.

어려운 일을 겪거나 좌절하면 우리는 위로의 말을 듣고 싶어 한다.
하지만 위로를 받으려다가 오히려 뒤통수 맞는 일도 있다. 내 앞에서
는 A가 나빴다며 나를 지지해주고 위로해주던 친구가 A 앞에 가서는
언제 그랬냐는 듯 반대로 나를 욕하고 흉보며 험담을 늘어놓는다. 차

라리 이런 사실을 모르면 좋으련만, 안 좋은 얘기는 삽시간에 곧장 내 귀로 돌아온다.

가끔, 도대체 어떤 사람을 믿어야 할지 모르겠다며 푸념하는 후배들을 만나면, 내 앞에서 지나치게 칭찬을 많이 하는 사람, 그리고 내 앞에서 남 욕하는 사람에게는 절대 마음을 주지 말라고 당부한다. 그 사람은 아첨꾼이거나 다른 사람 앞에서도 내 욕을 하고 말을 옮길 사람이 분명하기 때문이다.

요즘은 애정표현이 참 적극적이다. 사랑 표현을 하기 위해서라면 남의 시선 따위는 아랑곳하지 않는다. 그러나 1980년대에는 칸막이용 커튼이 달린 카페에서 남몰래 사랑을 속삭이면서도 행여 누가 보게 될까 봐 가슴을 졸였다. 1990년대, 'X세대'에 와서는 늑대 목도리, 여우 허리띠 커플이 대세였다. 지금은 어떠한가. 버스정류장이건 지하철이건 식당이건 카페건 길거리이건 영화관이건, 장소를 가리지 않고 끈끈한 애정표현을 과시하는 커플이 너무 많다. 사람들 앞에서 있는 대로 티를 내면서도, 만남과 이별은 왜 그리 쉽고 잦은지. 예전 어르신들을 보면, 수십 년 함께 살 부비고 살아온 부부라고 해도 같이 손잡고 다니는 분들을 찾기란 쉽지 않다. 유교식 교육을 받고 자라서인지 사랑 표현이 정말 서투른 세대다. 가까이에 계신 나의 외할아버지 외할머니만 봐도 그렇다. 90세 가깝도록 서로 상대밖에 모르는 잉꼬부부셨지만, 외출이라도 하게 되면 너 따로 나 따로, 할아버지와 할머니가 100미터 거리를 두고 마치 달리기 주자처럼 앞서거니 뒤서거니 하시며 걷기가 예사였다. 그 모습이 우습기도 하고 이해도 안 되었지만, 그래도 두 분 사이엔 참 *끈끈한* 정이 느껴졌다. 정말이지 그 세대는 그랬다. 덜 표현한다고 해서 그분들 세대의 사랑의 크기가 지금보다 덜 했다곤 생각하지 않는다.

이야기가 샛길로 빠진 걸까? 그렇지 않다. 지나친 표현이 감춘 가식을 걸러내는 혜안을 가지라고 당부하는 중이다. 가끔, 아부인 걸 알면서도 듣기 좋은 말을 해주는 후배를 좋은 사람이라며 칭찬하는, 위험한 발상을 하는 사람을 만날 때가 있다.

그렇다면 진심을 알 길은 무엇인가? 상대의 눈을 통해 마음을 읽어라. 듣기에 달콤한 위로나 칭찬에 쉽게 좌지우지되지 않는 덤덤한 마음을 키워라. 무덤덤한 가운데 정은 더 *끈끈해지고*, 인연은 더 돈독해지고 길어진다. 어떤 듣기 좋은 위로보다 아무 말 없이 그저 어깨를 토닥여주고 손을 살포시 잡아주는 사람에게 따뜻한 전율을 느껴본 적이 있는 사람이라면 내 말에 공감할 것이다.

굳이 말하지 않아도 진심은 전해진다. 따뜻한 눈빛으로, 마주 잡은 손으로, 위로가 느껴지는 포옹으로. 상대에게 진심이 담기지 않은 울림 없는 공허한 말을 할 바에는 차라리 말을 아끼고 침묵했으면 한다. 상대의 진심을 알아내는 혜안도 키우고, 나의 진심도 그에게 지혜롭게 전하는 법을 연습하자. 우리는 서로 마음을 전하며 더불어 살도록 태어난 존재이니까.

네가 있음에,
내가 있는 거 아니겠니?

: '위'에서 군림하지 않고, '더불어' 사는 사람

"매일 당신과 동행하는 이웃의 길 위에 한 송이 꽃을
뿌려 놓을 줄 안다면 지상의 길은 기쁨으로 가득 찰 것이다."
• R. 잉글레제 •

연말연시나 단체 회식 자리에서 자주 터져 나오는 소리는 무얼까? 아마도 '위하여!'라는 환호성이 아닐까 싶다. 가끔 코미디 프로그램이나 닭살 돋는 연애 소재의 드라마와 영화에서도 듣게 되는 대화가 바로 '위하여'라는 말이다.

"널 위해 준비했어!"
"뭔데?"
"바로 나!"

그런데 우리가 한 가지 짚고 넘어가야 할 것이 있다. 사람들이 즐겨 사용하는 단어인 '위하여'란 말의 의미가 우리가 생각하는 것처럼 정말 좋은 의미일까? 아마 거리에서 인터뷰를 한다면 100명이면 100명이, 당연히 좋은 의미라고 대답할 것이다. 그러나 이 말은 우리가 놓쳐서는 안 될 미묘한 뉘앙스를 품고 있다.

얼마 전 〈유교란 무엇인가〉라는 책을 읽었다. 잘못 해석되고 있는 유교 철학 본연의 의미를 바로 보게 해준 책으로서 그 책에서는 '위하여'에 내포된 의미를 우리가 보통 생각하는 것과 다르게 해석하고 있었다.

책을 통해서 확인한 사실은 '위한다'는 말의 전제는 상대보다 내가 어느 정도 우위에 있음을 인정한다는 의미로 단어 자체가 주는 뉘앙스를 상하관계로 재해석해 주었다. 내가 너보다 더 많이 배웠고, 너보다 더 많이 가졌고, 너보다 더 높은 위치에 있으니까 한결 잘난 내가 너를 '위에서' '보듬어 줄게'라는 의미가 될 수 있었다.

사실 나 역시 친구나 후배, 동료와 이야기할 때 이 깊은 속뜻을 모르고, '무엇 무엇을 위해'라는 말을 종종 사용했었다. 위함을 받는 사람은 위해주는 상대에게 늘 미안하고 고마운 마음을 가져야 한다는 사실을 미처 깨닫지 못하고서.

머리를 '띵~'하게 만든 여러 가지 새로운 해석을 보면서 무언가에 얻어맞은 듯, 새로운 진리를 발견하고 나는 적지 않게 충격을 받았던 기억이 난다. 무식하면 용감하다는 말도 있듯이 이 책을 통해 새로운 진리를 발견하고 깨달음을 얻었고, 반성하는 기회가 되었다. 그런데 한

가지 궁금한 점은 '위하여'라는 단어를 놓고, 이런 정보를 알고 있는 사람이 과연 나 말고 몇이나 될까…? 하는 것이다.

'위하여'가 상하관계를 뜻한다면, 어떤 마음가짐으로, 어떻게 상대를 대해야 가장 바람직할까? 책은 이렇게 답을 제시한다. 너와 내가 함께하는 관계이다. 즉, 내가 있기에 네가 있고, 네가 있어서 내가 있다는 '더불어' 살아가는 삶에 대한 마음가짐, 이것이 가장 바람직한 인간관계이자 세상관이라는 것이다. 이 책을 통해서 부모 형제도, 군신 관계도, 동료 관계도 질서를 위한 순서는 있을지언정, 서로 소유해서도 군림해서도 안 된다는 사실을 명확하게 깨달은 이후에 나의 마음가짐과 사람을 대하는 태도, 말의 습관도 많이 달라지고 있다.

요즘 나의 화두는 '더불어 사는 세상', '더불어 가는 마음'이다. 개인과 개인, 개인과 국가, 국민과 지도자의 관계에도 '더불어' 사는 삶의 자세와 마음가짐이 필요하다. 이제, 남을 나보다 낮게 여겨서 상대를 위하지 말고, 서로에게 기대어줄 동행자가 되어 '더불어' 살기로 하자.

그래도 아직,
세상은 착한 사람 편이다

: 기계처럼 살지 않고, 사람 냄새 나는 사람

"모든 일에 인정을 남겨두어라. 뒷날에도 서로 좋은 낯으로 보게 되리라."
• 〈명심보감〉 •

보통 언론사 취업이 낙타가 바늘구멍에 들어가기보다 더 어렵다고 한다. 그런데 해마다 뽑는 몇 안 되는 대한민국 최고의 방송사 합격자의 학력을 보면, 뜻밖에 S대 출신이 평정하지 않았고, 게다가 명문대학 출신이 아닌 사람도 제법 있다. 소위 취업 경쟁률이 높다는 직장의 합격 조건이 어디나 학력과 성적이 우선이라면 솔직히 대한민국의 지식인과 언론을 대표하는 지상파 방송사에서 이런 결과가 나올 수 없다. 물론, 취업에서 성적이 비교적 높은 비중을 차지하기는 한다. 하지만 어떤 조직이든 학력과 영어실력이나 학교 성적만으로 인재를 뽑지는 않는다. 그 사람의 재능과 지식을 더 빛나게 해줄 필수 요소로서 성품과 대인관계 능력은 다른 것 못지않게 취업의 당락을 결정짓는 데

사람 속 '사람' 찾기

에 꽤 높은 우선순위에 있을 것으로 생각한다.

"요즘 세상엔 착하면 바보 취급받는다. 아무리 사람 좋아해도 절대 먼저 좋은 내색하고 손 내밀면 안 돼!"

착한 사람을 두고 바보 취급하는 인간들이 있다. 하지만 정말 순진 무구하고, 아무 생각 없고, 판단력도 전혀 없고, 분위기 파악까지 못하는 진정한 바보가 세상에 몇이나 되겠는가. 그들이 상황을 몰라서라거나 당하는 게 좋아서 배시시 웃고 있는 게 아니다. 상대의 패를 어느 정도 읽곤 있지만, 내색하지 않을 뿐이다. 성품이 착하다 보니 모르는 척 속아주며 상대가 변화될 거라는 믿음으로 기회를 주고 기다려 주는 것이다.

한 가지 더 분명히 말하고 싶은 것은 착한 것과 능력은 분명히 다르다는 점이다. 어떤 일을 할 때 명석하게 판단하고, 냉철하게 꼼꼼히 따지되, 마음은 따뜻해야 한다. 주어진 일만 딱딱 처리하는 기계적인 사람, 다시 말해서 사람 냄새가 나지 않는 사람을 보면 인생이 마냥 허탈해 보이고 그저 안타깝다.

그러면 착해 빠진 사람은 진짜로 세상 살기가 어려울까? 정말 그러한지, 주변에서 선량한 사람을 찾아보고 눈여겨보자. 착한 이들 대부분은 일터에서 인정받으며 별 어려움 없이 살고 있을 것이다. 기자로서 지켜본 바로는, 현장에서 가장 깔끔하게 일을 처리하는 동료 선후배는 대체로 선한 에너지의 소유자, 선한 사람이었다. 함께 일하는 동료와 팀워크가 뛰어난 사람이 대부분 명기자라는 타이틀을 얻었다. 욕심 많고, 자기밖에 모르는 이기적인 사람은 후배에게든, 동료에게든 인정받지 못했다. 착한 사람 중에는 물론, 사람을 너무 잘 믿고 자신을 다 보여주는 바람에 번번이 당하며 사는 사람도 더러 있기는 하지만 나 역시 사람을 좋아하고 헛똑똑이 기질이 있어서 뒤통수 맞는 일이 전문이라고 할 정도로 사람 잘 믿고 나를 먼저 여는 편이다. 그러나 뒤통수 좀 맞는다고 해서 사람 좋아하고 나누기 좋아하는 내 천성이 바뀔 리는 없다. 혹여 사람을 좋아해서 조건 없이 베풀었다가 상처받게 된다고 해도 어리석게 마음을 닫지 말았으면 좋겠다.

먼저 마음을 열고 선하게 대했는데, 상대가 그런 당신의 마음을 이용한다면 그때 가서 거리 두기를 해도 늦지 않다. 상대가 셈이 빠른 사람이라도 나와 함께 하는 동안에 조금씩 선하게 변하는 모습을 보게 된다면, 그 사실만으로도 매우 기쁘지 아니한가! '널리 세상을 이롭게 한다'는 홍익인간의 정신이 사람 좋아하고 오지랖 넓은 나에겐 참 와 닿는다. 당신에게도 '홍익인간'이라는 말이 의미 있는 문구가 되면 참 좋겠다.

꺼지지 않는 믿음이
사람을 성장시킨다

: 자신을 당당하게 믿고, 타인도 그렇게 믿어주는 사람

사람들 앞에만 서면 왜 자꾸 작아지는 것일까? 대중가수 K의 노래 〈애모〉의 '그대 앞에만 서면 나는 왜 작아지는가'라는 노랫말처럼. 〈애모〉의 가사는 사랑하는 사람을 향한 질문이라지만, 대부분의 사람은 대중 앞에서 스스로를 작은 존재처럼 느낀다. 가장 큰 원인은 스스로에 대한 확신 그리고 자신감이 없기 때문이 아닐까 싶다.

나는, "어떻게 하면 당신처럼 매사에 당당할 수 있나요?"라는 말을 곧잘 듣는다. 내 대답은 늘 한 가지이다. 당신 자신을 스스로 믿고 사랑하라는 것, 그런 다음 당신의 선택과 결정을 지지해주면 된다는 것이다.

나는 대학 시절부터 교수님과 눈을 맞추며 수업 듣는 걸 참 좋아했

다. 하지만 조용한 성격의 한 친구는 되도록 고개를 교과서에 푹 파묻고, 어떻게든 교수님 눈에 안 띄는 자리에 앉으려고 애썼던 기억이 있다. 공부도 참 잘하는 녀석이 왜 그런가 싶었다. 그건 순전히 성격 탓이었다. 막상 그 친구의 일진이 사나워(?) 교수님의 레이더망에 걸려 교수님과 질의응답이라도 하게 되면 목소리는 비록 주눅이 든 듯 작아도 답변은 삼천포로 빠지는 일이 거의 없었다. 그 친구의 경우엔, 순전히 자신감의 문제였다. 반면, 외향적인 나는 답을 알든 모르든 목소리에 늘 자신감이 넘쳤다. 내 삶에 크게 영향을 미치는 일만 아니라면, 다음에 더 잘하면 되지 뭐 하는 식의 자신감이 어디에선지 모르게 늘 샘솟았다.

　내 자신감의 원천은 어디에서 오는 것일까…? 아마도 가족의 믿음에서 비롯된 것이리라. 나 스스로 자신에 대한 확신이 생기기까지 가족이 나에게 보여준 믿음은 내가 다른 사람 앞에서 늘 당당하고 자신감을 갖는 데 큰 밑천이 되었다. 어린 시절, 나의 멘토였던 어머니는 내가 무엇을 하든 잘해낼 거라고, 잘해왔다고, 격려해주고 믿어주셨다. 부모님을 포함해서 온 가족이 나에 관해 갖는 '무엇이든 똑소리 나게, 끝까지 해낼 거라는' 강력한 믿음, 그들의 절대적인 격려와 응원이 내 삶의 평생에, 무엇에든 자신감 있고 당당한 모습으로 반응하는 데 강력하게 작용했음을 나는 조금도 의심하지 않는다. 이런 배경 속에서 나는 스스로 자신에 대한 확신을 한 건강한 어른으로 성장했고, 덕분에 무엇을 하든 전후 사정에 맞게 일 처리를 하며, 계획한 길을 차질 없이 걸어 올 수 있었다. 꼭 기억하자! 나 백현주의 사례만 보더라도 믿음과 격려, 지지와 응원에서 비롯된 긍정의 힘이 누군가에게 자신감의 원천이 된다는 사실을. 나의 당당함은 처음부터 내 것이 아니라, 늘 나를 믿어주고 격려해주고 지지하고 응원해준 주위 사람의 덕분이다. 타인을 믿든 자신을 믿든, 전폭적으로 절대적으로 믿어주는 것, 그것이야말로 모든 불가능을 가능하게 하는 기적을 만들어 낸다.

또한, 자신을 향한 확신과 자신감을 얻기까지는 상대에 대한 믿음이 바탕이 되어야 한다. 내가 믿는 그 사람이 나를 지지해줄 때, 그 시너지 효과는 이루 말할 수 없다. 지금 소개하는 정약용의 제자 '황상'의 이야기는 상대방을 믿어주는 한 사람의 믿음이 다른 한 사람의 인생을 어떻게 변화시키고 새로운 삶을 살도록 성장시키는지를 잘 보여주는 일화이다.

조선 시대 실학자인 다산 정약용은 전남 강진에서 20여 년 동안 유배생활을 하게 되었다. 텃세가 심하던 그곳에서 그는 아전들의 자제를 가르치며 살아갔다. 아전의 자식 중 하나였던 황상과 정약용 선생의 만남은 운명적이었다. 첫 만남에서 시골 깡촌의 더벅머리 어린이였던 황상은 스승에게 이렇게 물었다. 둔하고, 앞뒤가 꼭 막혀있고, 답답한 나 같은 사람도 공부라는 걸 할 수 있느냐는 질문이었다. 이에 스승인 정약용은 부지런하고 부지런하고 부지런하면 학문을 할 수 있다(삼근계)고 황상을 격려하며 믿음을 심어주었다. 스승의 믿음에 힘을 얻은 황상은 말씀을 새겨, 평생 학문에 매진했고, 스승과 문필을 견줄 만큼 뛰어난 학자가 되었다.

그러니 의기소침해지지 마라. 당신은 잘할 수 있다. 그건 믿음의 문제이다. 당신을 믿는 그들의 기대가 옳다. 자신감을 가져라. 그들이 당신을 믿어주듯 자신을 믿어라. 설령, 누군가 당신을 응원하거나 지지하지 않는다고 해도 괜찮다. 적어도 당신만큼은 자신을 응원해주어라. 더 힘내서 나아갈 수 있도록…. 그러나 지나친 자기 확신은 오히려 해가 된다. 자기 확신을 위해서 가끔 내가 어느 수준인지, 잘해가고 있는지 점검해 보아라. 지금 이 시점에서 내게 필요한 건 무엇인지, 무엇을 더 채워야 할지 부족함을 알아내는 지혜는 자신감을 키우는 중요한 밑거름이 될 수 있다. 그리고 자신을 믿듯, 타인도 그렇게 믿어주어라. 믿고 또 믿어라. 꺼지지 않는 믿음은 사람을 성장시킨다.

세상과 아픔을 나눌 줄 아는, 한 사람이 희망이다

: 이 땅에 희망을 주는 '마지막 단 한 사람'

공수래공수거(空手來空手去, 인간은 누구나 빈손으로 태어나고 빈손으로 죽는다는 뜻). 빈손으로 왔다가 빈손으로 가는 게 인생이라는 유행가 가사가 있다. 부모의 몸을 빌려 태어나고, 그 품에서 자라는 동안 우리는 정말 안전하다. 내가 책임질 일이 따로 없다. 그러나 부모의 품을 떠나 독립하는 순간, 이야기는 아주 달라진다. 성인이 되고 독립한 이상, 이제 모든 책임은 나의 몫이다. 단지 이런 생각만 해도 인생이 쓸쓸하고 쓸쓸해진다.

외향적인 듯 보여도 나는 좀처럼 갈등이나 고민을 남에게 내색하지 않고 속으로 정리하는 타입이다. 그래서 감정을 잘 들키지 않는 편인데, 어머니는 그런 내 속을 어떻게 잘도 아시고 마치 빤히 들여다보시기라도 하신 것처럼 이런 말씀을 하시곤 하였다.

"어휴, 내가 너를 낳았어도 네 인생은 네가 살아야 하니, 삶이 얼마나 팍팍하니…."

그런 말을 들으면 나도 모르게 눈물이 핑그르르 돌 때가 있다. 내 삶이 팍팍해서이기도 하지만, 그런 딸의 속까지 짠하게 바라보시는 엄마의 마음이 애틋해서이다. 그렇다. 어머니의 말씀처럼, 어느 순간 부모에게서 책임감이라는 바통을 이어받아 백현주라는 이름 석 자로 살아가는 동안은 내내, 모든 게 내 선택이고 내가 짊어져야 할 내 책임이다. 책임질 나이가 되면 인생은 정말 철저히 혼자인가. 무인도에 표류하기라도 한 것처럼…. 하지만 그 '혼자'는 고립된 삶으로서의 혼자가 아니라 독립된 인격체로서의 혼자이다. 독립된 인격체로서 자기 삶에 책임지며 살아간다는 것은 얼마나 당당하고 멋진 일인가. 때로 지치고 좌절할 때도 있지만 그때마다 나를 믿고 응원해주는 사람들이 있기에 고된 인생도 다시 한번 주먹 불끈 쥐고 버티게 된다.

어른들은 살아가면서 늘 말조심하라고 한다. 말은 나를 표현하는 수단이자 인생에서 복을 가져다주기도 하지만, 화의 근원이 되기 때문이기도 하다. 그래서 나는 가끔, 마음에 품은 100가지 중 열 가지쯤 꺼내 놓는다. 그때마다 주변 사람이 보여주는 관심과 사랑에 '세상은 아직도 더불어 살만한 곳이구나'를 새삼 깨닫는다.

그러니 세상으로부터 소외된 듯 마음에 짐 지우고 살지 말자. 상처로 켜켜이 쌓인 묵은 마음은 사람을 지치게 한다. 나만 되는 일이 없다는 생각으로 고통스러워하지 말자. 세상의 상처와 고민을 혼자 다 끌어안고 살 필요가 없다.

길을 걷다가 혹은 지하철에서 마주치는 사람들을 보며 그들은 평탄해 보인다며 부러워할 이유가 없다. 모든 삶이 즐겁고 기쁘기만 하다면 좋으련만 문제를 안고 살고, 또 풀어가는 게 인생이다 보니 뭐 하나 부족한 게 없어 보이는 사람조차도 말 못할 사정을 한두 가지쯤은 안고 산다. 겉은 멀쩡해 보여도 다들 정도의 차이만 있을 뿐 가정마다 짊어지고 가야 할 삶의 애환이 있다. 나만, 나에게만 왜 이런 일이 생기느냐고 따져 물을 필요가 없다.

향년 79세를 일기로 운명을 달리한 여류 소설가이자 수필 작가 故 P는 살아생전에 도저히 감당하기 어려운 고난을 겪었다. 의지하던 남편을 암으로 떠나보내고 그다음 해에 바로 의과대학 졸업 후 수련의 과정을 밟고 있던 외동아들을 교통사고로 잃었다. 가족 중 딸만이 그녀 곁에 남았다. 남편을 잃은 슬픔이 채 가시기도 전에 아들을 앞세운 어미의 심정으로 그녀는 도저히 밥을 삼킬 수도 없고 하루하루 살아갈 수가 없었다. 슬픔과 절망에 지쳐 매일 죽고 싶다고 생각했다. 숨쉬는 것조차 너무 괴로웠다. 하늘이 너무 원망스러웠다.

천주교 신자였던 그녀는 그 길로 수도원에 들어가 하늘에 그 뜻을 물었다. 왜 하필 나여야 했는지, 왜 내 아들이어야 했는지…. 왜 나에게 이런 일이 일어난 것이냐며 따졌다. 그 이유 한마디를 듣고 싶었는데 꿈에서조차 아들을 만날 수 없고, 하늘은 여전히 아무런 대답이 없었다. 처음엔 하늘을 원망하고 저주하다가, 내가 죄를 지어서 이런 일이 생긴 것이라는 자책까지 했다. 그러나 아들을 잃을 만큼 큰 죄를 짓지는 않았다고 생각했다.

하늘을 향해 부디 그 이유 한마디만 들려달라며 때론 항변하고 때론 간절히 구하는 그녀에게 하늘은 여전히 답이 없었고 그녀는 완전히 무너져갔다. 그러던 어느 날이었다. 그녀는 여전히 "왜 나에게 이런 일이 일어났느냐?"며 울부짖고 있었다. 그때 마침, 그녀의 기도를 들은 한 수녀님이 그녀에게 거꾸로 질문을 던졌다. 수녀님의 그 한마디는 하늘의 뜻을 알고자 했던 P에게 명쾌한 답이 되었고, 그 길로 그녀는 원망과 억울함, 마음에 묶여있던 짐을 훌훌 벗어 던지고 일상으로 돌아왔다.

그날, 그녀에게 수녀님이 했던 말은 무엇이었을까? 수녀님은 P에게 무슨 답을 들려주었을까?

그것은, "왜 그런 일이, 당신에게는 생기면 안 되나요?", "왜 당신에게 불행이 일어나면 안 됩니까?"라는 반문이었다고 한다. 그때의 경험을 바탕으로 탄생된 책이 〈한 말씀만 하소서〉라고 한다. 왜 내게 이런 일이 생겼는지 그 한마디가 듣고 싶었던 그녀에게 수녀님은 하늘의 뜻을 대신해 가장 확실한 답을 던져 준 셈이었다.

그녀는 책에서, 보이는 것이라고 다 존재하는 것이 아니라면, 기억하는 것이라고 다 존재했던 것이 아닐지도 모른다며 담담히 자기가 처한 현실을 받아들이는 글을 써내려 간다. 큰 아픔을 계기로 사고의 대전환을 경험한 그녀는 인생을 깊이 있게 살아온 지혜자로서 우리에게 또 이렇게 이야기한다. '왜 내 동생이 저래야 하나?'와 '왜 내 동생이라고 저러면 안 되나?'는 간발의 차이 같지만, 실은 사고의 대전환이 아닌가' 하고 말이다. 책 곳곳에서 생에 의문을 던지며 올곧게 살아온 작가의 인생 깊이가 묻어났다.

'나는 불행한데 사람들은 모두 행복하구나'라고 오해하며 스스로 마음을 닫고 외로워하거나 힘겨워하지 말라는 이야기를 하고 싶다. 뒤에서 평생 행복을 좇으며 살면 행복은 늘 나보다 앞서 간다. 행복과 함께 걷자. 지금 이 순간, 행복하지 않다고 하더라도 노력하자. 지금 행복하지 않다며 행복을 나중으로 미루는 시간 낭비, 감정 낭비는 하지 말자. 행복을 위해서 매일 노력할 필요는 있지만, 삶은 행복을 좇아가기 위해서 존재하지 않는다. 행복은 언제나, 지금, 당신 곁에 와있다. 당신에게도 사고의 대전환이 일어나면 좋겠다. 행복은 신기루처럼 멀리 있는 것도 아니고, 지금 나에게 와있는데 혹시 내가 멀리 있는 막연한 즐거움만을 바라보는 것은 아닌지. 곁에 와있는 행복은 외면한 채, 못 본 채…. 지금 와있는 내 행복에 곁을 주자.

걱정이 있어도 그때마다 내색하면 다른 이도 근심시킬까 봐 마음대로 이야기도 못 꺼내고 혼자 가슴앓이 하는 게 어른이라는 존재가 아닌가 싶다. 그래도 어쩌다 한두 번쯤은 가까운 사람에게 용기 내어 솔직하게 고민거리를 털어놓으라고 말해주고 싶다.

나 혼자 생각하고 판단하고 결론 내리는 것 이상으로 위험한 일은 없다. 세상은 더불어 살기에 살만한 것이니까. 날 위해 손 내밀어주는 이의 손을 외면하지 말고 꽉 잡자. 그리고 나 또한 누군가에게 먼저 손을 내밀어주는 마음 넉넉한 사람이 되도록 노력하자. 사는 동안 내가 뱉은 말 한마디, 행동이나 결정 하나까지도 모두가 내 책임이고 누구와도 그 책임을 나눌 수 없지만 힘들고 괴로운 마음은 나눌 수 있다. 당신이 마음을 열기만 한다면….

영화 〈택시 드라이버〉, 〈뉴욕뉴욕〉의 감독 마틴 스코세이지의 전 처이자 유명한 시나리오 작가인 줄리아 카메론은 이혼 후 이런저런 이유로 슬럼프를 겪다가, 한때 알코올 중독에까지 빠진 적이 있었다. 그런 힘겨운 나락을 딛고 일어나 〈아티스트 웨이〉라는 책을 썼다. 자신의 경험을 바탕으로 쓴 이 책에서 줄리아 카메론은 독자에게 한 가지, 모닝페이지라는 것을 제안한다. 예술가나 일반인의 삶에서 중요한 요소인 창조성을 찾기 위해서 형식, 내용, 분량에 제한 없이 '매일 아침 눈을 뜨자마자' 떠오르는 생각의 단편이나 단상을 메모하듯 자유롭게 끼적거리며 쓰라는 것이다. 나는 이러한 줄리아 카메론 식 글쓰기 (모닝페이지)를 혼자만의 방에 마음을 가둔 사람들에게 권유한다. 우스갯소리로 그것을 '데스노트(Death Note)'라고 불러도 좋다. 일기를 쓰듯이, 내 마음이 왜 슬프고 고통스러운지, 지금 내가 처한 어려움이 무엇인지, 지금 내게 필요한 것은 무엇인지 '밤에' 끼적거리지 말고, '아침 출근길에, 혹은 등교길, 혹은 잠자리에서 일어나자마자' 한두 페이지 혹은 한두 줄이라도 꾸준히 쓰면서 내가 왜 혼자만의 방에 갇혀 있는지 그 원인을 알아내기 바란다. 생각을 정리하며 글을 쓰기에 좋은 시간은 밤이 아닌, 아침이다. 밤이 감상에 젖고 자기 연민에 빠지기에 좋은 시간이라면, 아침은 무언가를 계획하고 하루를 시작하기에 좋은 시간이기 때문이다.

자신이 방에 갇힌 이유를 알아내면, 마음의 방에서 빠져나갈 방법도, 출구도 찾을 수 있다. 마지막으로 한번 더 당부 드린다. 당신의 진짜 인생을 찾는 일에 절대로 주저하지 말기를…. 그리고 내가 아픈 만큼 그 누군가도, 다른 사람도 그렇게 아프다는 사실을 기억하며 세상과 동행하며, 세상을 보듬으며, 우리 서로에게 진실된 사람으로 그렇게 살자고. 이 땅에 희망을 주는 마지막 한 사람으로.

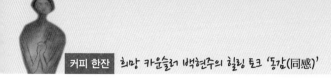

당신은 혹시, 응대하기만 피곤한 '허세맨'은 아니신가요?

★

불혹(不惑).

혹하지 않음, 미혹되지 않음을 뜻하는 이 말은 나이 마흔 살을 달리 부르는 말로 곧잘 사용하지요? 〈논어〉 ≪위정편(爲政篇)≫에서, 공자가 마흔 살부터 세상일에 미혹되지 않았다고 한 데서 나온 말인데요, 실제로는 마흔은 유혹을 멀리하거나 유혹을 그치기엔 너무 젊디젊은 나이가 아닌가요? 모르긴 해도 누구에게는 육십도 칠십 고개도 미혹의 나이가 아닐까 싶습니다. 세상 유혹에 중독된 삶 중에는 죽을 때까지 유혹을 끊지 못하고 끝끝내 철들지 않다가 이 땅에 다시 흙으로 돌아가고서야 비로소 그치기도 하니 말이지요. 유혹은 나이의 문제라기보다는 그 사람의 인품, 그릇의 문제가 아닌가 싶습니다.

사람 속 '사람' 찾기

있는 척, 배운 척, 가진 척, 착한 척, 예쁜 척, 교양 있는 척, 사람 좋은 척, 고급스러운 척….

애써 이런저런 척하지 않아도 자신의 주제에 맞게 착실하게 잘 살아온, 실속 있는 사람의 인품 역시 척하는 사람들처럼 그대로 묻어나오는 걸 봅니다.

나이 마흔이 되고 보니 정말 삶의 지혜가 생긴 것일까요? 갖은 시행착오를 겪고 나이 마흔에 얻은 통찰력 덕분에 이제는 한눈에도 상대가 내실이 찬 사람인지, 부족한 사람인지 알아보는 편이랍니다. 겪어보지 않고도 사람을 판단하는 능력이 예전보다 한 단계 훌쩍 뛰어넘은 느낌은 마흔 줄의 내 또래 사람이면 대부분 경험하는 혜안일 거예요. 많은 게 필요 없습니다. 눈빛과 말씨, 태도와 행동을 보는 것으로 충분하지요.

당신이 누군가에게 허세 부리는 사람으로 비치지는 않았을까요? 만일 그렇다면, 슬픈 일입니다. 배움이 적으면 적은 대로, 못나면 못난 대로, 부족하면 부족한 대로, 없으면 없는 대로…. 자신이 현재 가진 것과 있는 모습 그대로에 만족하고 감사하고 자신감 있게 당당하게 살아간다면 사람들에게 덕이 될 것입니다. 공연히 과장되게 자신을 포장하고 허세만 부린다면 사람들은 겉으로는 아닌 척해도 속으로는 빈정거리며 코웃음을 칠 것이 빤하지요. 누가 봐도 허세로 가득한 당신을 보고 사람들은 수군거리는데, 본인만 모르는 것은 아닐까요? 그 사실이 더 안타깝습니다.

한 가지 더 보태자면, 스스로 허세 부리는 인간이라는 사실을 알면서도 모르는 체 행동하는 A나, 된장인지 똥인지도 모르고 허세 부리는 B의 모습을 알고도 눈감아 주면서 맞장구치고 어울리지만, 속으로는 그런 B를 비웃는 C를 만나본 적이 있으신가요? 그들은 100이면 100, 당신이 가까이할 사람이 아닙니다. 불편한 진실을 말하자면, 어떤 상황에서도 절대 당신의 편도 아니에요. 그건 허세에 불과할 뿐, 중요한 순간에는 참모습을 보여주기 마련이지요. 그들은 그저 응대하기에만 피곤한 사람일 뿐이랍니다.

자신 스스로 속거나 상대를 속이기 좋아하는, 거짓의 아비에 사로잡힌 이 땅의 허세녀, 그리고 허세남이여! 그대들은 진정 모르시나요? 사람들이 당신의 그 빤한 속을 다 알고 있다는 사실을 말이죠.

사람 속 '사람' 찾기

사랑받는 위너(winner)가 되고 싶으신가요?

★

먼 미래에 대한 계획은 가슴 깊이 품어두고, 그저 일과에 충실하세요. 먼 미래를 잊자는 게 아니에요, 그저 품은 채로 잊은 듯 살아가면 된답니다. 하루, 일주일, 1개월 단위로 계획을 짜서 후회 없이 열심히 이행해 보세요. 행동하지 않는 승자는 없다는 걸 반드시 기억해야 합니다.

과정보다 결과라는 몹쓸 생각은 꼬깃꼬깃 접어서 과감하게 깊은 바닷속에 던져버리세요. 과정보다 결과라는 생각이 머리에 뱀처럼 똬리를 틀거나 마음의 텃밭을 갈지 않게, 애초에 생각의 문을 닫아버려야 합니다. 수단과 방법을 가리지 않고 이긴들 그곳에 행복은 없답니다. 물론, 승자도 될 수 없죠. 불편한 승리, 그 불편한 진실은 두고두고 마음에 아로새겨질 상처이고 부끄러움일 뿐이니까요.

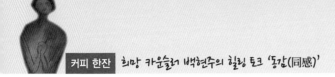

인생에서 1등이라는 이름표는 그다지 중요하지 않아요. 내가 속한 일터에서 동료나 선후배의 칭찬과 인정도 중요하고, 가족이나 지인에게 인정받는 것도 중요하다고 생각해요. 무엇보다 스스로 일에 대해 느끼는 자부심과 자신이 갖춘 실력에 대한 긍정적인 평가와 만족이 중요하지요. 내실을 쌓아서 '큰 떡도 아니고 작은 떡 먹고 체하는 일' 따위는 절대로 만들지 않겠다는 각오로 당신의 꿈을 진행하셨으면 합니다.

잠재력 발굴의 5단계

★

우리에게 잠재되어 있는 숨은 재능을 발견하기 위해 일상에서 다섯 가지를 점검해 보세요.

1. 가장 흥미를 느끼는 일은 무엇인가요?
2. 무엇을 할 때 가장 행복한가요?
3. 내가 정말 가장 잘하는 것은 무엇인지, 나 자신과 진솔하게 대화 해 보세요.
4. 비교 대상이 되지도 말고 남을 비교하지도 마세요.
5. 잠자리에 들기 전에, 위에서 답한 내용을 간략하게 메모하고, 일 주일 단위로 점검해 보세요.

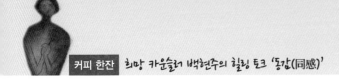

이 '잠재력 발굴의 5단계'를 꾸준히 하다 보면 그동안 몰랐던 새로운 면을 발견할 터이고, 잃어버린 자신감 또한 되찾을 거라고 믿습니다. 용기를 가지세요. 진정 잘하고 원하는 그것을 해내기 위해 무언가를 시작하는 당신을 보고 싶습니다. 그런 당신을, 저 백현주가 응원합니다.

때론 넘치지도, 부족하지도 않게

★

　겸손을 최고의 미덕이라고 생각하는 어른 세대가 보시기엔 자신만 만한 요즘 젊은 사람들이 못마땅하신지, 혀를 '끌끌' 차시는 모습을 가끔 볼 때가 있습니다. 물론, 벼가 익을수록 고개를 숙이듯 성숙한 사람은 겸손해야 합니다. 하지만 이 또한 지나치면 과유불급이지요. 시대가 달라졌고, 세상이 변한 만큼 사람들의 사고방식 또한 많이 변해가고 있습니다. 누가 보기에도 충분한 경험과 경력을 쌓은 사람인데도 겸손을 미덕이라고 생각해서 자신을 보여줄 때 '한없이 부족한 저입니다'라는 식의 언행을 했다가는 도리어 무시당하기에 십상인 세상입니다. 왜냐하면, 요즘엔 자신감 넘치는 젊은이가 너무 많아졌기 때문이지요. 자신을 적당히 소개하거나 저자세로 소개했다가는 속으로 깔보거나 까딱 무능한 사람으로 취급받기 딱 좋은 것 같습니다.

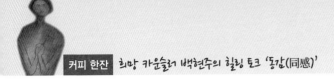

    나를 상대에게 소개하거나 상대가 나 자신을 어떻게 평가하는지 물어오면 마치 연애를 할 때처럼, 반드시 요즘 말로 '밀당(밀고 당기기)'을 해야 합니다. 어떤 밀당인가 하면 자신만만함과 겸손함 사이에서의 밀고 당기기 전략이 필요한 거예요. 언행을 통해서, 태도는 다정다감하고도 다소 겸손한 듯하지만, 말 속에는 힘이 실려야 하고, 어떤 일을 주든 한 치의 오차도 없이 신속하고 완벽하게 해낼 실력이 충분하다는 내용으로 신뢰할 만한 이미지를 주어야 합니다. 물론, 전제조건이 있어요. 말뿐인 사람이 되지 않도록 말에 상응하는 실력을 갖추어야 한다는 점! 현실은 따라주지 않는데, 자기 생각만으로 '나는 이미 다 갖춘 사람이다, 완벽한 사람이다'라고 생각해서 밀당을 하려고 했다가는 자칫 남들 눈에 말뿐인 사람으로 보일 수 있는 것 아니겠어요? 현명한 사람인지를 판가름하는 잣대요? 넘치게도, 부족하게도 말고 자신을 있는 그대로 바로 볼 줄 아는 자세, 그게 필요합니다.

사람을 목적으로 삼으면 '아니 아니 아니 되오'

★

 쓸모없는 사람이라는 말보다는 어디서든 필요한 사람이라는 말이 참 듣기가 좋습니다. 그만큼 열심히 살아왔다는 것이니 참 보람 있는 말이 아닌가요? 그러나 만나는 사람들이 나를 그저 자신의 쓸모나 필요 때문에 곁에 두고 있는 것이라면 씁쓸하기 짝이 없겠지요?

 사람을 만나면서 절대로 해서는 안 될 일 한 가지가 바로 '이 사람은 어느 면에 쓸모가 있겠구나…' 하는 생각입니다. 그건 어떤 이용가치를 염두에 두고 대인관계를 시작했다는 뜻이기도 하니까요. 이 사람은 부자이기에, 이 사람은 권력을 지녔기에, 이 사람은 인맥이 많기에 등 어떤 이유가 꼬리표처럼 붙어서 사람과의 관계를 맺고 있다면 당신의 마음부터 정화해야 합니다. 사람을 목적으로 삼는 일은 훗날 당신을 가장 외롭게 만드는 결과를 가져올 것이기 때문이에요. 게다가

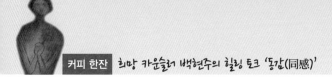

사람의 가치를 목적으로만 평가한다면 그 사람의 인생은 얼마나 팍팍하고 비인간적이며 계산적이고 아름답지 못하겠어요? 다만 표현하고 안 하고의 차이일 뿐, 겉으로는 아닌 체해도 누구나 내심 '이 사람이 나를 자신의 목적을 위해서 만나는구나. 이용가치가 없어지면 언제든 등 돌리고 떠날 사람이구나'라는 생각을 하고 당신을 상대하게 될 겁니다. 누군가에게 이용당하기 위해서, 인간적이지 못한 관계를 지속하고 싶은 사람이 몇이나 될까요? 결국, 제 딴에는 약은 생각으로 맺은 관계가 자신만 고립시키게 될 거예요. 단지 어떤 사람의 목적을 위해서 관계 맺고 싶은 사람은 아무도 없으니까요…. 필요 때문에 나름의 이유를 만들어 인간관계를 맺는 당신이라면 누구든 당연히 멀리하고 싶지 않을까요?

행복을 미루지 마세요. '지금'이 행복할 때···

★

'행복은 평생 추구하기 때문에 환상적으로 느껴지고 끝없이 갈망한 다'는 말이 있습니다. 저도 참 동감하는 말인데요, 남들이 나를 보며 "아, 행복하시겠어요."라고 감탄하며 이야기해줘도 막상 행복해야 할 당사자는 행복을 실감하지 못하는 경우가 많다고 합니다. 좀 더 행복 이 필요한 상황을 만나면 그때에서야 '아~ 그때 정말 행복했는데···'라 며 새로운 행복을 찾아 더 갈증하고 매진하게 된다고 해요. 정작 행 복의 정점에 서 있어도 행복을 못 느낀다면 그 삶은 얼마나 불행할까 요? 파랑새를 찾듯 늘 행복을 찾아 나서는 일을 이제 그만두셔야 해 요. 카르페 디엠(Carpe diem)이란 말 들어보셨나요? 우리말로는 '현재 를 잡아라(영어로는 Seize the day 또는 Pluck the day)'라는 뜻의 라틴어 입니다. 호라티우스의 라틴어 시 한 구절에서 유래한 명언인데요, 영화

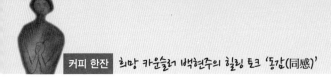

〈죽은 시인의 사회〉에서 키팅 선생이 학생들에게 자주 이 말을 외치면서 더욱 유명해지기도 했죠. 내가 사는 지금이 무엇보다 확실하며 가장 중요한 순간입니다. 아셨죠? 지금이 사랑할 때이고, 지금이 인생에서 가장 행복한 때입니다. 그렇게 믿고 오늘 하루도 사랑으로 행복하게 출발하세요.

외로움 점검하기

같이 있으면서도 외롭다면 마음을 점검해 보세요.
매일 통화하고 안부를 나누어도 허전하다면,
문제가 있는 것 아닌가요?
분명히 그에게 여자는 나 하나이고, 그녀에게 남자는 나 하나인데
만나서 대화를 나누어도, 마음 한 곳이 헛헛하다면
분명 자신들의 마음에, 표현에 문제가 있는 거랍니다.

떨어져 있으면 그립고, 헤어지면 아쉬운데
만나면 어색한 분위기가 감도나요?
그렇다면 용기가 없는 거예요.
사랑한다면 용기를 내세요.

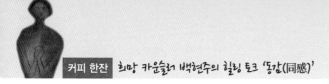

상대에게 먼저 내 감정을 표현하는 용기와,

그 사람이 사랑을 표현하도록

내 마음의 문을 살짝 열어두는 용기 말이에요.

그래야 두 사람이 뜨겁게 만날 수 있어요.

좋으면 같이 있고 싶고, 만나고 싶고, 그리운 게 맞는 거예요.

상대를 외롭게 만드는 건 솔직하지 못한 거랍니다.

솔직했는데도 누군가 외롭다면 그건 사랑이 아닐지도 몰라요.

같이 있으면서도 외롭다면 각자의 마음을 점검해 보세요.

사람 속 '사람' 찾기

진정한 배려란

★

배려란 무엇이든 상대의 처지에서 먼저 생각하고,

상대의 마음을 이해해주고

내 뜻보다 상대의 의사를 우선순위에 두고 존중해주는 것입니다.

그런데 누군가를 배려할 수 있는 힘은

상대 또한 나를 배려한다는 믿음이 있어야 생기죠.

내 것을 양보해가면서 인내하며 내어준 마음을

상대가 전혀 헤아리지 못한다면

자칫 그 마음은 낭비됩니다.

가장 소중한 자신에게 상처를 주는 결과가 되어버리니까 말이죠.

상대를 위한다고 나를 아프게 버려두는 것 또한

자신에게 배려심이 전혀 없는 것이랍니다.

사람 부자 되는 법

★

문명이 발달할수록 영혼이 더 가난해져서일까요?

주위에 사람 부자이기를 원하는 사람들이 많습니다.

저에게 '사람들을 북적대게 하기' 비법이 있습니다.

자, 알려드릴게요.

늘 먼저 다가가 보세요.

웃음에 인색한 편이라도 하루 한두 번씩 더 자주 미소 지어 보세요.

사람을 만나고 대화 나누는 일에 부지런을 떨어보세요.

나를 좋아하고 내 곁에 머무는 사람, 그들을 사랑하고 아껴보세요.

내 상황이 안 좋다고 의기소침해서

사람 속 '사람' 찾기

괜히 사람들과 멀어질 생각일랑은 하지 마세요.

내가 슬럼프에 빠져서 허우적거릴 때 떠나는 사람은

과감히 보내주세요.

그 사람은 어차피 내 사람이 아니거든요.

상처 받을 필요 없어요. 과감하게 내 맘에서 덜어내세요.

외로움에 집중할 시간에 한 사람이라도 더 사랑하세요.

나는 오늘도 그 한 사람을 찾고 있다, 내가 바로 그 한 사람이기를 희망하면서

몇 해 전부터 꾸준히 요청해온 책 작업에 대한 구체적인 계획은 사실 2011년 말에서야 윤곽이 잡히기 시작했다.

'나와 잘 맞는 출판사가 어디일까?', '어느 출판사면 내 글솜씨를 더 빛나게 해 줄 수 있을까?', '내 이야기가 독자와 소통할 수 있을까?', '내가 과연 책을 낼 만큼의 존재가치가 있을까⋯?'

고심을 거듭한 끝에 2012년 벽두에 '순정아이북스'를 운명적으로 만났다. 출판사의 김순정 대표와 만난 자리에서 삶에 지친 대한민국에, 특히 이 땅의 청춘에게 무언가 희망의 메시지를 주었으면 좋겠다는 데 의견이 통한 우리는 좋은 책 한 권을 열심히 만들어보자며 의기투합했다.

그날부터 밤낮으로 고민했다. 부끄러운 글을 썼다 지우기를 반복하면서 출판사에 원고를 조금씩 전달했고, 느낌을 주고받으며 수정작업을 거치면서 책의 뼈대를 잡아갔다. 책을 다 썼다는 느낌보다는 설득력이 있을지 부끄러웠다. 중원에 강호들이 떠서 하루하루가 살얼음판 같은 요즘 사람에게 내가 던지는 메시지와 교훈적인 이야기가 조언이라기보다는 오히려 불난 데 부채질하는 격이 되면 어쩌나 사실 걱정도 되었다. 김 대표는 고맙게도, 내 생각에 뜻을 같이해 주었다. 무더운 여름의 중반 즈음에 우리는 책의 콘셉트를 과감하게 '힐링'으로 바꾸고, 텅 빈 화선지 위에 새 먹물을 튀기듯 새로운 글을 다시 쓰기로 했다. 그렇게 여름은 미친 듯 지나갔다.

대중은 백현주에게 무엇을 기대할까. 사람들이 보는 나는 어떤 모습이고, 내 안에 있는 진짜 나의 모습은 무엇일까. 그것을 과연 글로 다 표현해낼 수 있을까…. 설렘 반 기대 반으로 그렇게 두 번째 책 작업은 시작되었고, 아쉬움과 부끄러움 속에 힐링에세이를 마무리했다.

나를 만나는 사람들은 내게 이런 말을 한다. "멋있으세요", "어떻게 하면 성공할 수 있어요?", "당당한 게 멋져요", "카리스마가 넘쳐요", "무슨 이야기를 해도 포스가 짱입니다".

한결같이 고마운 이야기이다. 그러나 한 편으로는 섭섭했다. 왜 그들은 나 백현주도 감성이 풍부한 여성임을 단 한 번도 알아주지 않는지. 물론, 내가 공과 사를 잘 구분해서 적어도 일에서만큼은 똑 부러지게 맹렬하게 잘 살아왔다는 간접증거이기도 하겠지만….

한 친구는 이런 말을 했다. 자신만이 알고 있는 백현주의 모습이 있노라고. 허당 백현주 님의 모습을 세상이 알게 되면 깜짝 놀랄 것이라고. 웃음도 많고, 유머감각도 있고, 눈물도 많고, 정도 많은, '측은지심'을 타고난 따뜻한 여자라고 말이다. 솔직히, 그 친구의 평가는 정확하다. 겉보기와는 달리, 그게 바로 백현주의 내면이다. 아쉽게도 너무 일에 매달려 살아서인지 그런 내 모습을 발견한 사람은 솔직히 거의 없다. 정 많고 눈물 많고 사랑이 넘치는 성격과 감성을 이 책에 담으려고 몇 날 며칠 밤을 고민하며 지냈는지…. 돌아보면 지난 한 해를 무엇이 진짜 나인가를, 어떤 내용이면 나를 표현할 수 있고 또 내가 전하고자 하는 희망 메시지를 다 담을 수 있을지를 뽑아내기 위해서 나 자신과 씨름하고, 끙끙거리며 원고 작업하느라 땀을 꽤 흘렸었다.

얼마만큼 나와 공감하실지는 부족한 이 글을 읽어주실 독자의 몫으로 남겨둔다. 나의 내면과 소통 코드가 딱 들어맞는 독자라면 '우와! 백현주에게 이런 면이?'라고 감탄하며 책장을 넘기실 테고, 나와 소통이 조금 덜 되는 독자라면, '냉철한 기자인 줄 알았더니 뭐지?'라며 특종기자 겸 방송인 백현주가 왜 힐링에세이를 썼는지 고개를 갸우뚱하실지도 모르겠다.

변화하지 않는 사람은 생존할 수 없다. 다양한 색의 모습을 지니지 않은 사람은 많은 사람의 사랑을 오래도록 받기에는 역부족이다. 나는 매력적인 여자가 되고 싶다. 일 잘하고, 똑똑하고, 방송 잘하고, 취재 잘하는 여기자, 방송인으로도 불리고 싶고, 사랑스럽고 정감 넘치고 애교도 많은 여자라는 말도 듣고 싶다. 누군가에게는 '지란지교'라 불리는 친구도 되고 싶다. 욕심쟁이라고 불러도 좋다. 늘 변하고 발전하고 매력을 넘어 마력의 샘이 마르지 않는 그런 백현주로 살아가며 이 시대 이 사회에 조금이나마 힘이 되는 도움의 손길, 희망 카운슬러로 존재하고 싶다.

부끄러운 글을 마치며 고마운 사람들의 얼굴이 스쳐 간다. 이 책에 대하여 욕심을 버리지 않고 내 인생의 첫 책인 '힐링에세이 겸 자기계발서', 〈사람 속 '사람' 찾기〉가 세상에 나오는 순간까지 끝까지 믿음으로 지켜봐 준 순정아이북스 김순정 대표, 그리고 KBS 〈즐거운 책읽기〉의 윤정화 피디님, 〈다모〉 〈주몽〉 〈계백〉의 정형수 작가님, 〈SBS 파워FM〉의 진행자이신 이숙영 선배님, 그리고 친동생처럼 늘 정감이 넘치는 MC 전현무, 책이 나오는 모습을 보람 있게 봐주시며 열정적으로 응원해주신 나의 존경하는 어머니와 가족들, 내가 쓰는 책에 대한 기대감을 늘 잊지 않아 준 방송팀 〈생생정보통〉 가족들, 내게 큰 의지가 되어준 동생 고소란 그리고 나의 지기지우인 친구…. 그들에게 감사의 마음을 전한다. 끝으로 이 책의 내용 전체를 대표해서 전하고 싶었던 이야기를 이곳에 다시 반복해서 써보며 내 모든 이야기를 끝내려 한다.

오늘 하루도 뚜벅뚜벅,
길고 지난(至難, 지극히 어려운)한 삶의 길을 걷는다.
이 땅에 희망이 되어 줄 그 단 한 사람!
나는 오늘도 그 한 사람을 찾고 있다.
내가 바로 그 한 사람이기를 희망하면서.
그리고 '당신'이, 바로 그 한 사람이기를 희망하면서….

2013년, 인생의 어느 멋진 겨울날
부끄러운 글을 갈음하며.
백현주

사람 속 '사람' 찾기